L'aventura d'envellir

Biblioteca Universal, 161

Teresa Pàmies

L'aventura d'envellir

Editorial Empúries

Barcelona

Primera edició: gener de 2002
Segona edició: març de 2002
Tercera edició: abril de 2002

Editorial Empúries, s. l.
Peu de la Creu, 4, 08001 Barcelona
www.empuries.com
correu@empuries.com

Imprès a Novagràfik, s. l., Pol. Ind. Foinvasa, Vivaldi, 5
08110 Montcada i Reixac

Dipòsit legal: B. 15.731-2002
ISBN: 84-7596-862-7

Motivació

Quan a finals dels seixanta, Simone de Beauvoir treballava en el seu assaig *La vieillesse*, gent del seu entorn li deia: «Quina idea la seva! Vostè no és vella. Quin tema més trist ha escollit!» La ja famosa escriptora francesa era al llindar dels seixanta anys. En tenia seixanta-dos quan el llibre fou publicat i traduït a una pila d'idiomes, entre els quals hi havia el castellà.

A mi no em podrien fer el mateix retret perquè m'he posat a escriure *L'aventura d'envellir* als vuitanta-dos anys, la meitat dels quals els he dedicat a escriure la crònica de la meva generació, que ha envellit sense adonar-se'n perquè, sortosament, ens fem vells de mica en mica. Si envellíssim de sobte no en suportaríem l'impacte. La naturalesa humana ho deu tenir programat per etapes i gradualment, imperceptible en els uns més que en els altres però amb el mateix final per a tots.

He volgut parlar-ne i m'hi he dedicat durant les vacances d'aquest estiu. Proveïda d'una carpeta amb retalls de premsa guardats sobre aquesta qüestió, alguns llibres que l'han desenrotllat i els meus vuitanta anys repicats, he començat aquest opuscle, amb pretensió d'assaig, al balneari Prats de Caldes de Malavella, el marc més adient per al repòs, l'observació serena de la vida de grans i petits, la reflexió no interrompuda per la histèrica quotidianitat urbana, els bons aliments, els banys d'aigua termal, les passejades a l'aire no contaminat, la represa d'antigues amistats estivals i l'intercanvi d'opinions i confidències amb gent de diferents generacions que tenen coses a explicar sobre l'aventura de viure i d'envellir. He procurat resumir-ho en seixanta folis i aquest n'és el resultat.

TERESA PÀMIES,
Barcelona i Caldes de Malavella,
agost del 2001.

Primera part

> Sóc vell, i la mort m'ha pres els pensaments de la jovenesa: i qui no sap què és la vellessa, que tingui molta paciència quan li arribi, perquè abans no es pot saber.
>
> MICHELANGELO BUONARROTI
>
> (D'una carta al seu amic Vasari escrita al febrer de 1558, quan tenia vuitanta-tres anys. En va viure vuitanta-nou.)

> Deixa que jo et reveli els dons reservats
> a la vellesa per coronar els esforços de tota
> la teva vida.
>
> THOMAS S. ELIOT

Quan als seus noranta anys, el pensador italià Norberto Bobbio publicà el seu assaig *De senectute*, un crític perspicaç el qualificà de crònica «d'una aventura personal, l'aventura d'algú que es llança a la recerca de la pròpia identitat, que s'obstina a esbrinar, en el moment en què el futur sembla a punt d'esvair-se-li, el grau de coherència assolit. Ficat de ple en aquesta tasca», afegeix el crític, «Bobbio sap que davant el final dels seus dies, que ell percep imminent, constitueix un repte d'una intensitat pertorbadora, un repte que afronta amb una determinació que podria qualificar-se de juvenil.»

En emprendre l'aventura d'envellir s'intenta entendre el sentit o el no-sentit de la pròpia vida. Com tants ancians que s'ho han proposat, Norberto Bobbio disposava dels estris, les provisions requerides, però sobretot, de la voluntat de viure l'ancianitat sense passar per la decrepitud. Aquest és el propòsit impulsor de l'aventura d'envellir sense esperar la degradació irreversible.

No totes les persones que s'hi troben en són conscients, ni es fan preguntes, ni busquen respostes, com ha fet Norberto Bobbio en el seu esplèndid assaig, document alliçonador i lúcid sobre el procés de l'envelliment humà en general i en la nostra època en particular.

Tanmateix, no cal tenir l'esperit aventurer per emprendre aquesta aventura. N'hi ha prou de no resignar-se als imponderables, als tòpics sobre l'ancianitat; tenir un mínim d'amor propi per assumir el repte, molta curiositat per tot el que s'esdevé en l'entorn familiar i social, local i internacional, maldant per entendre'l, i perseverar en l'intent a cada ensopegada, engaltant autocríticament l'espifiada per no repetir-la.

Els trets rellevants dels homes i dones que apareixen en aquest intent d'assaig sobre l'envelliment no són receptes ni consells per al benenvellir, sinó exemples reunits per Rita Levi Montalcini, premi Nobel de medicina, en el seu clarivident i divertit opuscle *L'as a la màniga*, editat en català per Empúries el 1999. Als seus noranta anys la prestigiosa neuròloga italiana fa una valoració positiva del llibre de Norberto Bobbio però considera que, com Simone de Beauvoir en el seu documentat assaig *La vieillesse*, s'expressa en termes pessimistes quan escriu. «La immensa majoria dels homes acull la vellesa amb tristesa o amb rebel·lia; aquesta inspira més repugnància que la mateixa mort.» Bobbio és més delicat però igualment pessimista quan escriu a *De senectute:* «El temps del vell... és el temps del passat. El món del futur és obert a la imaginació, i ja no et pertany, mentre que el món del passat és aquell en què, per mitjà del record, et refugies en tu mateix. El vell viu de records i per als records...» La seva compatriota i contemporània (ambdós són nonagenaris) Rita Levi Montalcini discrepa cordialment i escriu: «Al contrari de Bobbio, crec que la vellesa no s'ha de viure recordant el temps passat, sinó programant la pròpia activitat per al temps que resta, ja sigui un dia, un mes o anys, amb l'esperança de poder realitzar projectes que no havia estat possible portar a terme durant els anys joves.»

La vellesa és una experiència individual, intransferible. No hi ha dues persones que la visquin igual ni a la mateixa edat. L'exministra francesa Françoise Giroud (entrevistada per *El País Semanal*) confessava, als seus vuitanta-quatre anys, que començà a sentir-se vella quan en complí vuitanta. El seu somni havia estat «deixar d'envellir», com si això fos possible pel sol fet de desitjar-ho intensament. Ara, també diu, sense complexos: «Quan envellim, envellim. Tinc vuitanta-quatre anys, què vol que hi faci! Em canso, tinc ciàtica, petites molèsties que ni tan sols són problemes de salut sinó els símptomes d'una màquina que ja no funciona a la perfecció. Si pogués somiar alguna cosa, seria aquell impuls, aquella força vital. Diuen que conservo aquesta força en l'escriptura. De manera que en la meva feina, puc estar tranquil·la. Però si es tracta de córrer darrere l'autobús...» A mi em va passar als setanta-cinc i la sensació no fou exultant però tampoc depriment.

Per la meva professió i experiència vital, ja estava «mentalitzada», com es diu ara. Des dels seixanta havia participat en dotzenes de taules rodones, escrit articles, pronunciat conferències en esplais, residències de la tercera edat, aules universitàries per a jubilats; havia estat jurat de certàmens literaris organitzats per «la Caixa», ajuntaments, associacions de veïns, la Conselleria de Benestar Social, promotores d'activitats literàries entre persones majors de setanta anys, etc. Tot plegat m'impel·lí a documentar-me sobre aquesta qüestió, a espigolar entre estadístiques més o menys fiables, a seguir de prop l'actualitat protagonitzada per famosos o anònims, vells i velles d'insòlita vitalitat física i mental o de persones senils abans d'hora per no disposar d'un mínim que els asseguri una vellesa decorosa, o bé limitats per la manca d'informació sobre el procés d'envelliment i les maneres d'encaixar-lo sense traumes.

Em creia preparada, proveïda per entendre el que m'esperava camí dels vuitanta anys i ara que ja els tinc i enceto un nou decenni, m'esperona la descripció que en fa l'exministra de Mitterrand, que, octogenària, ha gaudit cinc anys de la política activa no militant però intensa, de l'exercici d'una professió tan estimulant com el periodisme i la literatura i de plaers del cos que una dona sexualment alliberada i econòmicament emancipada es pot permetre al llindar de la senectut, encara que la titllin d'estrafolària, patètica o xaruga. Certament és un cas excepcional però cada cop ho serà menys.

Reconforta saber, en l'experiència d'una contemporània i col·lega —no per exministra sinó per escriptora—, que les xacres de la vellesa no són problemes de salut sinó avaries del motor que mou l'organisme. Que ho digui una persona de vuitanta-quatre anys ajuda els qui ens hi apropem a no confondre una ciàtica amb un càncer d'ossos, ni l'arítmia provocada per l'esforç de córrer darrere l'autobús amb una angina de pit o una taquicàrdia. Estar informat sobre la diferència permet evitar el pànic al llindar de la vellesa, que és propensa a la hipocondria i a la síndrome del *malade imaginaire*, personatge creat per Molière a l'edat de quaranta-quatre anys.

El psiquiatre Luis Rojas Marcos, president de la Corporació Sanitària i Hospitalària de la ciutat de Nova York i assessor de la Caixa en temes relatius a la tercera edat, presentà una ponència en la jornada del març de 1999 celebrada a Santiago de Compostel·la sobre patologies reals i no reals entre els vells i les velles. En certa manera teoritzà experiències com la de Françoise Giroud, que constata les molèsties de l'edat però no les viu com a «problemes de salut» sinó com a avaries del motor que ja no funciona a la perfecció. El doctor Rojas Marcos, que no n'ha fet l'experiència perquè és jove, deia en la seva ponència:

> *«El envejecimiento del cuerpo y de los sentidos disminuye poco a poco nuestra libertad de acción, mientras que los órganos internos nos llaman la atención con sus averías. Por otro lado, las condiciones económicas, que a menudo empeoran después de la jubilación, restringen la capacidad de tomar decisiones libremente. No obstante, si nos lo proponemos, casi siempre es posible adoptar un estilo de vida razonablemente independiente, estimulante y activa.»*

DR. LUIS ROJAS MARCOS,
Aprender a vivir,
Fundació «la Caixa», 1999.

Quan vaig a l'ambulatori de la Seguretat Social del meu barri, per consultar amb el metge de capçalera o a buscar la recepta per a la pastilla contra la hipertensió, constato que la majoria dels pacients són vells i velles que es desplacen amb l'ajut d'una mangala o sense. No tenen greus problemes de mobilitat sinó algunes «avaries» que, degudament tractades, permeten fer una vida relativament activa, però alguns i algunes es creuen malalts i n'exageren els indicis. Entre ells bescanvien informació, no la que els proporciona el cos i l'ànim propis sinó la que els arriba, deformada o falsa, via publicitat, rumors i falòrnies escampades en tertúlies de llar de jubilats, a la barberia i perruqueria o a la capella dels tanatoris quan anem a donar el condol a la família d'un veí, d'una coetània o d'un amic de la mateixa «quinta» que ens deixa pel camí.

El panorama pot semblar sinistre, no gens propici a l'aventura d'envellir, i tanmateix, en les diverses trobades dels vells, circumstancials o programades, hi plana un desig de viure, grans dosis de bon humor en l'evocació de «batalletes» viscudes en la joventut i magnificades per la humana necessitat de satisfer l'ego, ni que sigui amb retard. De vegades llegeixen el diari tot esperant la tanda però els costa concentrar-se en la lectura, fins i tot en l'eventualitat de tenir entre les mans un llibre que els interessa. No és únicament un problema de concentració sinó de vista. Els editors de paper imprès no semblen sensibles a les dificultats de visió i d'audició que, amb la de mastegar amb la dentadura rosegada o trontollant, són cataclismes de l'edat no previstos per la Seguretat Social. D'això en parlem els vells quan ens trobem. Sabem que s'han fet progressos notables en el tractament efectiu de cada una d'aquestes «avaries» del mecanisme humà però la majoria dels afectats en som exclosos per raons econòmiques. La Seguretat Social no cobreix les despeses de dentista ni l'aplicació de l'oftalmologia amb les prodigioses ulleres progressives, l'operació a temps de les cataractes i el costós tractament per aturar la degeneració macular, primera causa de la ceguesa entre els ancians. L'aventura d'envellir inclou, també, l'acció reivindicativa, que alguns ancians ja plantegen obertament des de les seves associacions i també individualment, amb cartes als diaris, com aquesta de la senyora Maria Gironella publicada a l'*Avui* del 27 de juny del 2001 amb un curiós titular de la redacció: *El teatre i els sords*. Diu: «Sóc una jubilada i ja m'he acomiadat d'anar mai més al teatre, i no és que no m'agradi, ben al contrari. El problema és que no hi sento bé (tinc un 63% de pèrdua auditiva). Faig un suggeriment, ja que fan tantes coses per a la gent gran, i amb els avenços que hi ha avui en dia: es podrien destinar unes quantes butaques amb auriculars aplicats, per utilitzar-los i apujar el volum a voluntat; vaja, com en el Congrés de Diputats o als avions.

»No sóc cap experta en la matèria, però a causa del meu problema, fa anys que m'he buscat solucions per a la vida quotidiana i em va prou bé. Jo llanço la idea i, si hi poseu voluntat, es podria fer felices moltes persones que es troben impotents i abandonen la possibilitat d'anar al teatre o al cinema.» Signat: Maria Gironella Estorch, Barcelona.

És un exemple d'actitud no resignada, no fatalista que, a la vellesa, requereix coratge i la clarividència que alguns neguen als vells per justificar la desconsideració de què són objecte. I no cal ser vell per reivindicar això que en diuen «qualitat de vida» per als ancians, per pocs anys que ens quedin. L'editora barcelonina Isabel Martí contestà una carta que agraïa que La Campana utilitzi lletra grossa en la confecció dels seus llibres. «Deixa que te n'expliqui la història», diu la jove editora. «Quan jo era petita tenia una àvia a casa, a qui li agradava molt llegir. Sempre la recordaré asseguda al costat de la finestra del menjador. La mare li portava piles de llibres que li podien interessar, però sovint ella havia de dir: "Ui, aquesta lletra és massa petita, no la puc llegir." Per això», conclou Isabel Martí, «procuro que tots els llibres que editem tinguin una tipografia fàcilment llegible.»

Alguns dels pal·liatius de les xacres de la vellesa són a l'abast d'empresaris, funcionaris, dissenyadors i activistes culturals que no semblen interessar-se en el potencial consumidor de llibres, música i teatre representat per un sector de la societat no en decadència sinó en apogeu, numèricament i qualitativament. No cal recórrer a les estadístiques per argumentar-ho sobretot quan aquestes són falsejades.

En termes econòmics, confondre les xacres de l'edat amb problemes de salut genera i justifica malversació de diners públics. Les multinacionals farmacèutiques s'hi llepen els dits i l'Administració pública no pot invertir en serveis essencials com els que requereixen l'increment de persones desemparades o en situació precària per raó d'edat, prematurament jubilades per exigències de la competitivitat a les empreses privades i públiques, que volen personal amb una presència agradable, dinàmica i sense antecedents sindicals ni polítics, susceptibles de crear conflictes laborals. Són substituïts per joves sense experiència professional, ni la maduresa mental dels sexagenaris acomiadats, rebutjats, exclosos del mercat de mà d'obra especialitzada. La jubilació «incentivada» actua com a element de pressió sobre els afectats i minva la seva capacitat de revolta.

En un article publicat el 7 de desembre de 1997 i titulat «Envellir», Josep M. Espinàs, que aleshores tenia setanta anys (ara n'ha fet setanta-quatre), comentava, críticament, la publicitat destinada a vendre productes i artefactes per aturar l'envelliment. «L'anunci esmentat», escriu Espinàs, «parla dels qui no volen transmetre als altres els seus senyals de fatiga o estrès. Em sembla una actitud positiva. Ara: aquest engany caritatiu només val si és temporal. Si envellir no entra en els teus plans... Això ja és una altra cosa. Perquè ja no es tracta de suggerir que un home dissimuli discretament la seva edat, sinó que presenta el procés d'envelliment com un fet al qual podem dir no.» I el nostre escriptor i cronista de la realitat del seu temps prossegueix: «L'acceptació de l'envelliment és una condició bàsica de la salut psíquica, i més en l'edat en què ens adonem més clarament del procés. ¿Què vol dir saber envellir? No sentir-se víctima del pas del temps, admetre que és una evolució natural i —contra el que diu l'anunci— que és absolutament recomanable que el fet d'envellir entri en els nostres plans, que figuri en la nostra agenda psicològica. I així es pot envellir amb l'ànim adequat. Tradueixo d'un llatí antic: "Que n'és, de lamentable, envellir de mala gana."»

Els experts en geriatria, antropologia i altres disciplines anomenades socials, formats en la teoria però no en la vida, semblen descobrir la generació anterior i la seva aportació a l'economia, la cultura i l'ensenyament, i una certa preocupació social d'arrels humanistes. Alguns han envellit des d'una joventut frustrada per circumstàncies històriques de les quals no eren responsables. D'altres no han renunciat a recuperar els anys escamotejats per l'intent de genocidi d'una generació no rendible en termes econòmics i polítics des de l'òptica dels vencedors de la Guerra Civil, que ells no conegueren i que marcà la seva infància i adolescència. Hem vist envellir, dignament, homes i dones de cultura que avui són homenatjats en ocasió del seu aniversari: septuagenaris, com Espinàs; octogenaris, com Joan Triadú; nonagenaris, com el doctor Moisès Broggi i Joaquim Homs, tots ells actius en les diverses branques de la cultura i les arts en les quals excel·liren en la joventut i la maduresa, no sempre acceptats per aquells joves «progres» d'una radicalitat postissa però estrident i petulant amb els que envellien fent cultura i país, titllats de pusil·lànimes i, finalment, de dinosaures quan, objectivament, crearen futur amb la seva obra menystinguda i a voltes silenciada, com la de l'escriptora i periodista Anna Murià, que als seus vuitanta anys seguia opinant des de la premsa catalana i mexicana (el Mèxic del seu exili republicà compartit amb el poeta Agustí Bartra, amb el qual tornà a casa en començar a envellir però amb obra feta que completarien a Catalunya). Als seus vuitanta anys repicats, Anna Murià opinava sobre la caiguda del mur de Berlín, no pas des del passat, amb la franquesa que la caracteritza. Ara té noranta-set anys, viu a Terrassa i es ratifica en el que va escriure quan fou enderrocat el sinistre mur de la vergonya.

> «Neix un altre món», escrivia comentant l'actualitat, «el món dels nostres successors. Hereus del nostre fracàs; esmeneu-lo. Per substituir les injustícies que havia de ser la justícia social, no restabliu les antigues.»
>
> ANNA MURIÀ, *Avui*, 9 de novembre de 1999.

La lucidesa i la contemporaneïtat implícites en les reflexions de la nonagenària escriptora catalana no són atributs exclusius de la intel·lectualitat. Rosa Sellarès —noranta-un anys—, en jubilar-se prematurament a la fàbrica de Navàs on havia treballat durant tres dècades, aprengué l'aventura d'envellir contra els tòpics desmobilitzadors i desmoralitzadors per a la gent de la seva edat. Aprengué a nedar vorejant la setantena a la piscina municipal de Navàs i, ja octogenària, participà en curses de natació per a la tercera edat. El passat mes de març competí en un festival màster. Era la veterana. Va fer els 25 metres papallona i esquena en 2 minuts, 22 segons i 84 centèsimes. Afrontà l'envelliment com un repte que li plantejava la vida, esportivament. Segueix practicant la natació, fa llargues caminades pel bosc i llegeix. «Llegir és la meva passió», diu en una entrevista a *El País Semanal*. «Quan vaig començar a perdre la vista, el que em va entristir fou no poder llegir.» Fa dos anys que l'operaren de cataractes i ara hi veu, fins i tot sense ulleres. I opina sobre el que llegeix i el que observa al seu entorn; sempre amb els peus a terra:

> «Sé que no puc competir amb els joves, no tinc la seva vitalitat; el cos humà va desgastant la seva maquinària any rere any. Ho hem d'admetre. No m'importa que em diguin vella. Ho sóc. D'això no se'n salva ningú, tret que mori jove.
>
> »He treballat molt, inclús fent hores extra i si m'ho demanaven, també el dissabte. Els diners eren ben rebuts perquè calia mantenir la família. Els tres fills —Marcela, Corazón de María i Pedro— van estudiar amb beques. Amb la meva pensió no podria viatjar com ho he fet els darrers anys, per gairebé tot Europa. Les noies m'ajuden a pagar les despeses. M'encanta buscar bolets, una afició força arrelada a Navàs. El que no hauria fet

mai en jubilar-me és seure a fer ganxet, com algunes amigues però elles estan més cascades que jo.»

Rosa Sellarès no perd l'oremus en la fama ni davant les temptacions del consumisme. No mira la televisió: prefereix «devorar llibres». Té dos néts però mai no li agradà satisfer els seus capricis. Segueix comprant a les botigues petites. No li agraden els centres comercials que qualifica de «temptadors». «Si hi vas "piques". Per això no tragino diners. Només compro el que tenia planejat.»

Per la nonagenària obrera jubilada, cal concentrar-ho tot en l'essencial i viure al propi ritme, que no és el dels joves, com digué el vell poeta Vicente Aleixandre a *Poemas de la consumación*, escrits en l'ancianitat creativa i no gens rancuniosa ni amargada, com ho és la d'alguns personatges que no suporten el pes dels anys ni la presència de la joventut que els ha de rellevar. El poeta tenia setanta anys i encara no li havien atorgat el Nobel de literatura el 1977, quan escrigué:

LOS VIEJOS Y LOS JÓVENES

Unos, jóvenes, pasan. Ahí pasan, sucesivos,
ajenos a la tarde gloriosa que los unge.
Como esos viejos
más lentos van uncidos

a ese rayo final del sol poniente.
Éstos sí son conscientes de la tibieza de la tarde fina.
Delgado el sol les toca y ellos toman
su templanza: es un bien —¡quedan tan pocos!—,
y pasan despaciosos por esa senda clara.

Es el verdor primero de la estación temprana.
Un río juvenil, más bien niñez de un manantial cercano,
y el verdor incipiente, robles tiernos,
bosque hacia el puerto en ascensión ligera.
Ligerísima. Mas no van ya los viejos a su ritmo.
Y allí los jóvenes que se adelantan pasan
sin ver, y siguen, sin mirarles.
Los ancianos los miran. Son estables,
éstos, los que al extremo de la vida,
en el borde del fin, quedan suspensos,
sin caer, cual por siempre.
Mientras las juveniles sombras pasan, ellos sí,
consumibles, inestables,
urgidos de la sed que un soplo sacia.

VICENTE ALEIXANDRE,
Poemas de la consumación, Barcelona, 1978.

Aleixandre envellí rejovenint el seu art i potenciant-lo sense por de la vellesa, sembrant-ne la llavor entre la generació de la postguerra, que havia quedat desemparada i, a Catalunya, privada de la llengua amb la qual s'expressava, arrelada al poble i salvada per poetes com Joan Vinyoli i la seva obra de vell prematur, de qui mai no desesperaren els joves tot buscant el propi ritme.

Joan Vinyoli morí jove, car als setanta anys amb prou feines comença la vellesa. No s'havien exhaurit els seus dots de poeta ni les motivacions essencials que l'inspiraren. Segurament l'espantava la decrepitud, i alguns dels seus versos escrits abans dels seixanta anys traspuen les seves paüres. «M'he d'anar consolant / de fer-me vell...», escrigué als seus quaranta-nou anys. No avançava, reclòs en l'aïllament buscat: «Segueixo sol, escrutant la transparència / d'aquest racó del temps aturat.» Tenia cinquanta-nou anys quan escrigué: «Morir, dormir, no sé / com agafar el nou dia, fred / monyó morat, jo inapetent, / amb la pipa que em penja de la boca / de pescador rendit.» No era únicament la lassitud del cos sinó també de l'ànima. «Cal molt coratge / per enfrontar-se amb una / fràgil hora naixent, de totes la primera / la més difícil.» Tenia seixanta-cinc anys quan, des de les Tres Torres, dedicava un vers a Rafael Alberti en el qual el poeta català, més jove que el seu col·lega gaditnumà, deia: «Mentre la dalla ens tingui marginats / vivim, cremem, clamem. / Després tan sols ens cal / morir amb honor.»

Rafael Alberti va viure vint anys més que el seu amic, que morí jove perquè no sabé o no volgué envellir.

En l'escruixidor «Autoretrat a 65 anys», Vinyoli no dissimula la seva aversió a la vellesa, els signes de la qual, reflectits al mirall, li produïen fàstic.

> Mira'm la cara encesa
> de sàtir vell. Quina vinosa
> color de vida molt viscuda,
> ja no recuperable. Vasos buits.
> Cullo, però, raïm amb una falsa
> voracitat i m'embriago
> de vi dels anys. I tentinejo, palpo
> parets de fosca, no tocant ja mai
> el cos de préssec de cap dona,
> car ja no estic enamorat.
> Malaguanyat
> temps de la vida, aquest, tan sols per patollar-hi.

Joan Vinyoli no emprengué l'aventura d'envellir perquè no volia allargar la vida per patollar-hi. En renunciar a prosseguir el viatge, deixà inacabada la seva gran obra literària i tal vegada es perdé emocions i satisfaccions d'una ancianitat activa, creativa, i no el que ell mateix sintetitzava en quatre línies del poema «Saviesa»:

> Apaga el foc,
> encén el llum,
> busca el teu lloc
> i mira el fum.

Tanmateix, no és aquesta la saviesa assolida al final de trajecte. Són nombrosos i coneguts els nonagenaris que ofereixen un quadre ben diferent del que suggereix el bellíssim vers de Joan Vinyoli. El doctor Luis Rojas Marcos ho destaca en l'esmentada ponència en la jornada *Las personas mayores ante el tercer milenio*, celebrada a Santiago de Compostel·la el 4 de març de 1999:

> «*El rechazo del natural envejecimiento va unido con frecuencia al mensaje "las personas mayores son diferentes". Esta tácita proposición postula que el paso de los años nos transforma en seres distintos, con quienes el resto de los humanos tiene muy poco en común. La creencia de que los mayores están afligidos por defectos graves, y, secretamente, son seres menos valiosos, es una de las fuerzas más dañinas, porque hace posible todo tipo de actitudes y conductas intolerantes y ofrece una disculpa a la hora de marginarlos... No existen mayores pruebas del progreso, del desarrollo, de la madurez y la civilización de un pueblo que su capacidad para aceptar la dignidad del proceso vital en su totalidad, y su firmeza para adoptar una actitud de respeto y de apoyo hacia las personas de edad avanzada.*»

Després d'assenyalar que el 80% de les persones majors de setanta anys mantenen una quotidianitat activa i autosuficient segons les mateixes investigacions científiques, el doctor Rojas Marcos opina que la societat occidental desestima la capacitat d'autonomia de les persones grans, ignora la seva prudència, el seny i l'experiència adquirits amb els anys. S'equipara, erròniament, el pas del temps amb el deteriorament de les qualitats humanes més valuoses. I afegeix:

> «*Las etapas posteriores del ciclo de la vida se caracterizan sobre todo por la sabiduría. Es una sabiduría que combina la esperanza, la voluntad, el amor y el interés por los demás con una actitud realista y despegada hacia la inevitabilidad de la muerte.*»

L'eminent psiquiatre sevillà no comparteix la tesi que cadascú carrega un equipatge hereditari que determina les formes i els ritmes del seu envelliment. I diu:

> «*Hoy tenemos a nuestro alcance abundantes pruebas de que la vitalidad física, mental y social de las últimas décadas de la existencia no es tanto una cuestión de genes como del estilo de vida que elegimos.*»

Aquesta seria la clau per entendre que gent de la mateixa família i educada en valors similars tingui un procés d'envelliment diferent en molts o en tots els aspectes visibles o invisibles.

L'aventura d'envellir és individual, com ho és

l'estil de vida de cada persona, escollit en funció del gust, les necessitats, l'ambient de l'entorn i les amistats efímeres o estables. En presentarem alguns exemples.

El 1968, als vuitanta-dos anys, Clementina Arderiu va escriure *L'Esperança encara*, recull de poemes inclòs en la seva *Obra poètica*, publicada per Edicions 62 el 1973, amb un pròleg de Joan Teixidor que no ha perdut vigència malgrat les tres dècades escolades i els canvis que han transfigurat tantes coses. El poeta hi destacava la paraula *esperança*, present en el títol dels darrers versos de Clementina Arderiu i en tota la seva obra anterior. «És molt significatiu», escriu Joan Teixidor, «que la trobem en el títol de l'últim dels seus llibres i encara més amb un adverbi que li dóna més força quan tot sembla que s'enfondri, i els anys ens pesen i Carles Riba, "que tant estimàvem", ja no hi és.»

El marit de Clementina Arderiu havia mort el 1959 a l'edat de seixanta-sis anys. Ella era sis anys més jove. No es convertí en la «desconsolada vídua» convencional ni en la sexagenària que, en quedar sola, renunciava a una vida activa, creativa i fecunda.

> En la meva viduesa
> no vull ombres al meu dol.

He estat, i sóc encara,
dona que viu a ple sol.

CLEMENTINA ARDERIU,
L'Esperança encara, 1968.

El vuitanta-cinc aniversari la va trobar afeblida per una sobtada malaltia del cor que no li permetia «viure a ple sol» sinó confinada a la llar d'un dels seus quatre fills, que no la deixaren sola al pis familiar a una edat tan avançada i amb problemes de salut. Era el 1974 i Lluís Bassets l'entrevistà per a *Tele/Express*. «Clementina Arderiu», escriu el periodista, «em rep asseguda en un divan i rodejada de coixins. Quan entro s'aixeca amb tantes penes i treballs com voluntat. Altres vegades, mentre dura la conversa s'aixeca per anar a buscar cartes, llibres, fotografies. Malgrat la seva malaltia i els seus anys, manté un admirable esperit actiu i jove.»

Al seus vuitanta-cinc anys, l'anciana poetessa mostrava un coratge i una lucidesa insòlits entre els vells del tòpic. Coratge per dir el que pensava sobre el panorama cultural del moment, sense afalagar els joves ni pontificar sobre l'ofici, com solen fer, encara avui, alguns veterans de la tribu que no volen complicar-se la vida ni crear-se enemics entre col·legues i lectors potencials.

> «De la literatura que es fa avui», contestà Clementina Arderiu a una pregunta de l'entrevistador, «puc dir-li que no m'agrada gens. Això que es diguin males paraules i no es respecti el llenguatge desdiu de la poesia i de la literatura. Quan en un llibre trobo una frase ambigua o que en lloc de posar *fer* hi posen *fotre*, ja plego. En poesia no es pot permetre. Em direu que són coses de vell però penso que és degradar la llengua posar-hi coses d'aquestes.»

Li feien tan fàstic alguns dels originals presentats al premi de poesia que duia el nom del seu marit, que Clementina Arderiu dimití del jurat del qual formava part. Pot ser discutible, però cal reconèixer la coherència de la decisió.

En aquella entrevista pòstuma, la vídua de Carles Riba parlà de la seva condició de mare de família i de com s'organitzava per fer-la compatible amb la seva vocació literària, afrontant les servituds de la mestressa de casa del seu temps i la malvolença dels envejosos que feien córrer la brama que els poemes de Clementina els escrivia el seu marit, Carles Riba.

> «Jo he tingut quatre fills i he estat casada quaranta-tres anys. Ara tinc tres besnéts. He estat sempre molt del meu marit i de la casa. Moltes vegades passava tres i fins i tot quatre mesos sense

escriure ni una ratlla. Però el meu marit em deia: "Fes versos. No ho deixis córrer."»

I Clementina no ho deixà córrer, ni tan sols quan morí el seu marit i quedà vídua a l'edat de seixanta anys. Havien madurat plegats però hagué d'emprendre sola l'aventura de l'envelliment, renunciant a moltes coses perquè, com digué un dels patriarques de la *lengua española: «La vejez es un rosario de renuncias.»*

La nostra poetessa no renuncià a la poesia, que cultivà fins al llindar del final del trajecte. Escrivia, viatjava, llegia sentint-se acompanyada del record, de l'enyor del companys que ella evocava:

... I sento encara aquella veu
que em guia!
Tinc les paraules que escrigué
i em resten!
Però no trobo aquella mà
segura...

CLEMENTINA ARDERIU,
L'Esperança encara, 1962.

Amb el títol «Àvia» expressà, als setanta-set anys, la seva confiança en el futur:

Dels néts la veu
em fa estremir,
que diu arreu:
«Som la nissaga!»
Timbre i accent
ben catalans,
que no altrament.
Siguin ben homes!
En tinc la fe.

De *L'Esperança encara*, 1966.

Segona part

Envellir en parella ha de ser més problemàtic perquè la vellesa, segons va escriure Josep Pla en *Notes del capvesprol*, és un «procés de refredament», idea que, per cert, potser fou plagiada de la que Aristòtil formulà molts segles abans. Ho cita Simone de Beauvoir en el seu assaig *La vieillesse* referint-se a xacres de l'ancianitat que Hipòcrates situava als 56 anys.

«Els successors d'Hipòcrates foren mediocres», escriu Simone de Beauvoir en el seu remarcable assaig. «Aristòtil imposà els seus punts de vista fonamentats en l'especulació i no en l'experiència: la condició de la vida era, segons ell, la calor interna i assimilava la senectut a un refredament.»

Josep Pla pensava el mateix però, a diferència d'Aristòtil, no ho fonamentava en l'especulació sinó en la pròpia experiència. Tenia vuitanta anys i, des dels setanta, patia les urpades desmoralitzadores del fred als ossos i al seu estat anímic, freds que produïen pànic o trencaven l'equilibri entre vida biològica i pensament. Reconeixia que aitals condicions no tenia dret a compartir-les amb una dona. Envellir amb Josep Pla no hauria estat una festa, precisament...

> «Ara que vaig arribant als vuitanta anys, a una velocitat increïble, que encara tinc l'absurda il·lusió d'escriure aquest llibre, de vegades penso en el passat i, ben garbellades les coses, haig de reconèixer que la meva existència, dintre la meva total limitació, ha estat plena de sort i que ha anat proejant els esculls de l'existència, de vegades conscientment, sovint amb una perfecta inconsciència. Si em queixés, seria un desagraït, un indecent desagraït. He tingut la sort d'ésser una persona limitada, concreta i, fins on he pogut, lliure.»
>
> JOSEP PLA, *Notes del capvesprol.*

Per «proejar els esculls de l'existència» n'hi ha prou amb el proer a la proa de l'embarcació, per emprar el símil mariner de l'escriptor empordanès. Ell no fou mai a la proa de res. Practicava el menfotisme, per comoditat. El seu individualisme no concebia que la dona que l'acompanyés en la singladura reclamés la mateixa llibertat que ell practicava. I és clar, ja tenim l'ensopegada contra els «esculls de l'existència»:

> «No m'ha enlluernat mai res: ni els diners, ni la publicitat, ni el benestar (que no existeix), ni la felicitat (que encara existeix menys), ni la política, ni la consideració, ni la perfecció, ni el redemptorisme, ni la revolució, ni un qualsevol fanatisme, ni la immensa quantitat de collonades grotesques que presenta la vida. He anat fent el meu camí obscur i continuat, i si alguna persona ha tingut la paciència de dir alguna cosa de mi, a favor o en contra, és igual, cosa que agraeixo, naturalment: el fet m'ha entrat per una orella i m'ha sortit per l'altra.»
>
> JOSEP PLA, *Notes del capvesprol.*

Si fos exacte l'autoretrat moral que es va fer als vuitanta anys, difícilment hauria pogut trobar parella per afrontar plegats la senectut.

Tornant a la teoria de la vellesa com un procés de refredament, podríem trobar arguments per atribuir-li la congelació de la libido, i fins i tot de l'enamorament platònic, però ¿per què hauria d'afectar sentiments nascuts i consolidats en la convivència, el pòsit d'afectes humans, una tendresa, una amistat, uns hàbits adquirits en conjunció, unes complicitats..., factors cohesionadors de la convivència en la discrepància i els conflictes eventuals a l'hora d'envellir plegats?

Contra aquesta hipòtesi ingènua, idíl·lica s'alçaran muralles d'objeccions pragmàtiques i realistes, acompanyades d'estadístiques sobre la crisi de la parella. Però una parella humana són dues individualitats i no *«dos gotas de llanto en una canción»* ni *«dos seres en uno que amando se mueren»*, com diu el bolero *Somos*. Si fos així, l'aventura d'envellir no podria engrescar la parella moderna a menys que l'un i l'altre fossin capaços de preservar l'essencial d'allò que un dia els va unir i que l'envelliment posarà a prova ineluctablement.

Un home i una dona envelliran amb les característiques pròpies de cadascú, que inclouen la salut física i mental, el tarannà personal, l'autosuficiència econòmica, el grau d'educació... Mentre foren joves i en la primera maduresa, les diferències no actuaven com a element de confrontació, d'irritabilitat, de malfiança o de cobdícia, de gelosia o covardia que solen manifestar-se en l'ancianitat.

En els geriàtrics públics i privats, són fenòmens generadors de disputes, intrigues i violències que la ciència intenta pal·liar amb fàrmacs o tractaments específics que poden evitar l'esclat de situacions dramàtiques i perilloses, i prevenir coses pitjors. Tanmateix, les estructures sanitàries i la investigació que les promou no són infal·libles. El psiquiatre Luis Rojas Marcos ho recordava en la seva conferència basant-se en l'experiència en el tractament de la demència senil i altres patologies atribuïdes a l'edat. La seva recepta predilecta és el tracte personal amb les persones afectades per aquestes patologies, especialment eficaç en el cas de les parelles que volen envellir compartint les fases més doloroses i les més gratificants d'aquest procés.

La parella més famosa del segle xx, Simone de Beauvoir i Jean-Paul Sartre, va ser, durant dues o tres dècades, model d'unió lliure, intel·ligent, creativa i transgressora de les normes repressores dels sentiments i dels comportaments emancipadors. Influïren en els seus contemporanis intel·lectuals i en part de la militància política i sindical, amb la qual la famosa parella col·laborà obertament amb el seu bagatge cultural, el seu prestigi, el seu temps i una part considerable dels diners guanyats amb les obres escrites i editades en milions d'exemplars i traduïdes a les llengües principals. Era la parella referent a la generació de la guerra freda, caracteritzada pel seu radicalisme verbal, no sols en qüestions polítiques sinó també en la defensa dels valors proclamats pel feminisme, especialment revolucionaris en matèria de sexe i les relacions de parella.

Simone de Beauvoir i Jean-Paul Sartre trencaren els esquemes imperants. Eren parella però vivien en pisos diferents, no sols en llits separats. Exhibien una relació satisfactòria que no excloïa l'eventualitat d'un amant per a ella i unes quantes senyores per a ell. Compartien pis quan els venia de gust i rebien amics a sopar com una parella convencional, en pla d'amfitrions divertits, generosos i influents. No tingueren fills per decisió consensuada, justificada amb arguments egoistes, però adoptaren alguna noia i algun noi, no per satisfer cap instint maternal o paternal sinó per assegurar-se fidelitats i acòlits i també companyia jove per a la vellesa, sabent, com sabien, que no l'afrontarien plegats.

Grans aventurers en el camp del pensament i de l'acció política, no es prepararen per al repte de l'envelliment. La senectut els agafà desprevinguts i a Jean-Paul Sartre, completament desemparat.

L'aventura de viure s'acabà de la manera més sòrdida i miserable. Als primers símptomes de decrepitud, el més feble i el més vell dels dos carregà el fardot. Simone de Beauvoir n'era observadora i n'escrigué la crònica en el seu llibre pòstum *La cérémonie des adieux*, amb la dedicatòria següent: «*A ceux qui ont aimé Sartre, l'aiment, l'aimeront*» («Als que han estimat Sartre, l'estimen, l'estimaran»), però després de llegir-lo, hom es pregunta si ella l'estimà, o si deixà d'estimar-lo en fer-se vell.

Simone de Beauvoir havia escrit l'assaig *La vieillesse*, redactat, en part, al pis del seu company Jean-Paul, com ella recorda en el seu llibre. Ni ella ni ell no eren vells en aquella època —finals dels setanta—, i l'assaig sintetitzava una allau d'informació aclaparadora sobre l'envelliment humà, però no els afectava personalment. Hi expressà la repulsió que li produïa descobrir les misèries en l'ancianitat dels altres, especialment la d'homes il·lustres que Simone de Beauvoir utilitzà com a material de laboratori. Hi abocà informació coneguda però també inèdita. En alguns capítols hi trobem una Beauvoir compassiva, d'una lucidesa freda, revoltada contra una civilització que imposa a la majoria dels ancians «*un nivel de vida tan miserable que la expresión viejo y pobre constituye casi un pleonasmo; a la inversa, la mayoría de los indigentes son viejos. Los ocios no abren al jubilado posibilidades nuevas; en el momento en que el individuo se encuentra por fin liberado de coacciones, se le quitan los medios de utilizar su libertad. Está condenado a vegetar en la soledad y el aburrimiento, es un puro desecho.*» (Simone de Beauvoir, introducció al seu assaig *La vejez*.)

Aquest va ser el destí reservat a Jean-Paul Sartre, no perquè fos pobre sinó perquè el deixaren sol. D'això no en té la culpa la societat.

La cérémonie des adieux va escandalitzar els admiradors de la singular parella. Es considerà una despietada i gèlida narració de la degradació física i espiritual de l'home amb el qual l'autora compartí deu anys de l'aventura de viure la subversió des d'un humanisme que inclou, entre altres valors essencials, el de la compassió i el respecte a la dignitat de la persona, amb més raó quan ha perdut les capacitats físiques i mentals per defensar-se.

Les xacres fisiològiques del septuagenari decrèpit i mitificat, autor de *La nausée* i proer de la nau *Temps modernes*, foren escampades, impúdicament, per la dona que hi compartí pensament i acció en la discrepància, competint-hi obertament en el camp de la cultura contemporània, sense eclipsar-se.

Quan aparegué la traducció castellana de *La cérémonie...*, el diari *La Vanguardia* publicà, en la seva edició del diumenge 18 abril de 1982 i en la secció «Tribuna», un article del catedràtic Domingo García-Sabell titulat «Relato inhumano, Sartre enfermo».

«*Es un texto duro*», escriu García-Sabell, «*aristado, con una cierta lejanía descriptiva que desconcierta e irrita. En él se nos aparece un Sartre vencido, agotado por sus dolencias y en trance de dimisión vital. No es una constatación desgarrada de lo que ocurre. Es un certificado lúcido y frío de todos y cada uno de los progresos de la patología del escritor.*»

La redactora de la revista francesa *L'Express*, Janick Jossin, ha pouat en el llibre de la seva compatriota i col·lega per concloure que l'autora «s'ha excedit en crueltat i realisme», però el pitjor és que «ha mostrat la seva incapacitat per captar l'essencial. Davant la mort, Sartre no pot quedar reduït a un inventari d'anècdotes, símptomes i instantànies; a un diari quotidià de majordoma indiscreta que amaga el drama sota una proliferació de detalls. Aquesta darrera veritat de Sartre era esperada per molts, no com a *voyeurs* («tafaners»), que és el que ens proposa Simone de Beauvoir, sinó com a lectors, com a deixebles, enemics o admiradors igualment preocupats per retrobar-lo en aquestes proves en què la realitat supera definitivament el pensament. Aquestes coses, per desgràcia, són banals i Sartre no ho era.» La redactora de *L'Express* titulà el seu article «La segona mort de Sartre» i hi aconsella els lectors de *La Cérémonie des adieux* que deixessin de banda Beauvoir. «Sempre quedarà Sartre.»

L'escriptor català Robert Saladrigas és força més equànime en la seva opinió de crític literari i discrepa dels que acusaven Simone de Beauvoir de *«canibalismo puro al ensañarse con alguien, que desaparecido un año antes, no podía defenderse. Otros la tildaron de oportunista y de valerse de su intimidad con Sartre para sacar un nuevo libro con las máximas probabilidades de obtener un éxito de ventas. Un escándalo, en suma, que coleó durante varios meses en los ambientes intelectuales franceses.»* (Robert Saladrigas, *La Vanguardia*, 17 de gener de 1983.)

Feta la ressenya exhaustiva de les contradictòries relacions que establí la famosa parella, Robert

Saladrigas no se situa en qualitat de jutge i escriu: «*Estoy seguro que a Beauvoir no le resultó fácil reflejar el proceso de decrepitud de Sartre, pero tenía que hacerlo y logró sobreponerse. De nuevo me pregunto, asombrado, ¿qué se le puede reprochar?*» Cadascú contestarà la pregunta com millor li sembli.

Tercera part

La vellesa és un naufragi.

CHATEAUBRIAND, *Memòries d'ultratomba*

(Ho escrigué quan tenia trenta anys. En va viure vuitanta.)

Les receptes dels experts, els consells dels savis no serveixen a tothom però tots podem aprendre dels que han explicat com envelliren i han sabut transmetre'n l'essencial i l'universal, deixant a part la peripècia personal. La neuròloga italiana d'origen jueu Rita Levi Montalcini, Premi Nobel de Medicina 1986, recollí, per als seus estudis específics, exemples de personatges excepcionals. Convertí l'aventura científica en indagació apassionada dels fenòmens de l'envelliment del cervell humà, investigació a què ha dedicat milers d'hores de laboratori, força menys de les que ha passat observant i analitzant l'envelliment de persones concretes que, com ella mateixa, arriben als noranta anys en plenes facultats mentals, de les quals depèn, en definitiva, el bon funcionament dels òrgans principals. Ho ha explicat en el llibre *L'as a la màniga* amb una claredat i una amenitat estimulants:

> «En el joc del pòquer», escriu, «la carta de la baralla de valor més alt es representa amb l'as, indicat convencionalment amb la lletra A, que si es troba en una determinada seqüència té un valor més gran que totes les altres i determina la victòria.
>
> »En el joc de la vida, la carta més alta està representada per la capacitat de servir-se, en totes les fases i, en particular, en la fase senil, de les activitats mentals i psíquiques que es posseeixen.»
>
> RITA LEVI MONTALCINI, *L'as a la màniga*, Editorial Empúries, Barcelona, 1999.

Hi ha una gran dosi de voluntarisme en aquesta afirmació de la científica italiana, però sense un mínim de voluntat i entusiasme no es pot emprendre l'aventura d'envellir. Cal ser conscient dels límits d'una «partida de pòquer» tan atzarosa, conèixer les regles de joc i, quan cal, infringir-les amb la murriera del vell trapella. ¿Per què no?

«Cada edat té les seves limitacions», ha dit l'escriptor nonagenari Francisco Ayala. Miguel Delibes, dotze anys més jove, n'és ben conscient i decidí no ultrapassar els límits rebaixant el volum de la seva activitat; a diferència d'altres coetanis, no invoca els límits com a coartada per llençar la tovallola i fer mutis de l'escenari literari en el qual segueix actuant en la línia de sempre. Ho fa discretament i mesurant les seves forces per tal d'evitar l'espectacle de la decadència abans del declivi. Quan li sol·liciten una entrevista, Delibes demana les preguntes per escrit i les contesta també per escrit. «*Desconfío de mi fluidez mental, de mi memoria, de mi capacidad para responderles a espetaperro a mis 78 años.*» Això no és decadència sinó lucidesa i humilitat.

«L'ancianitat», va escriure Goethe, «consisteix en la progressiva reducció de la perspectiva.» Sàvia definició però entendre'n l'abast requereix un nivell de cultura que la majoria dels ancians no han pogut adquirir, un fet objectiu que dificulta l'assimilació del pensament aclaridor dels grans humanistes de tots els temps. Comparant els testimonis d'intel·lectuals i artistes que han envellit conservant i enriquint les seves facultats mentals amb els d'homes i dones de condició humil que han entrat en l'ancianitat espantats per ignorància, ens adonem de com afecta «la reducció de la perspectiva» quan la jubilació els converteix en persones sense projecte ni horitzó. Necessiten reposar després d'una vida de treball, no sempre gratificant, a voltes embrutidor, sense una afició creativa ni formació cultural compensadora de tantes frustracions, no per manca d'intel·ligència sinó per no haver-la exercida més que en la brega diària per sobreviure. No es plantegen preguntes metafísiques. Els preocupa la migradesa de les seves pensions, la por que siguin retallades i devaluades per la inflació i altres calamitats de la conjuntura econòmica i el descrèdit de la política. La perspectiva de solució dels seus problemes la veuen llunyana i no perquè «l'ancianitat la redueixi progressivament» (Goethe), sinó perquè el sistema capitalista ja no pot obrir horitzons de cap mena, ni perspectives de millora per a la majoria, ni per als vells ni per als joves, ni al depauperat Tercer Món ni a l'opulent Occident a la deriva. Lluitar per evitar-ho és part de l'aventura d'envellir amb dignitat.

> «La senilitat, igual que les fases precedents, no ha de ser viscuda amb l'enyor dels privilegis i dels avantatges perduts amb el pas dels anys. La vida segueix un curs ben precís, enriqueix cada edat amb qualitats pròpies.»
>
> RITA LEVI MONTALCINI, *L'as a la màniga.*
> (Escrit quan tenia noranta anys.)

En les meves trobades amb gent «d'edat avançada», un dels eufemismes emprats per fugir de l'adjectiu *vell*, reunions en forma de col·loquis, xerrades i conferències sobre aquesta qüestió, he constatat la diferència entre el procés d'envelliment dels treballadors de la indústria, la construcció i l'agricultura i el dels jubilats o rendistes de classe mitjana: exempresaris, funcionaris, exmilitars, professionals liberals i la gran legió de mestresses de casa. Els primers tenien una actitud més passiva i aspiracions elementals, d'intendència i d'oci barat. Els segons, físicament menys gastats, intel·lectualment més encuriosits i receptius, envelleixen sense fer-ne esment, no han perdut l'interès pel que s'esdevé al planeta, enriqueixen el seu bagatge cultural planificant el temps de lleure que no havien tingut mai, gaudeixen de l'equilibri anímic que proporciona una jubilació decorosa i rendes equivalents, amb lleus diferències, als ingressos anteriors. No passen angúnies econòmiques, se senten estimats pels fills i néts, que no els necessiten i als quals, eventualment, poden ajudar amb tota naturalitat. El fet de no haver de demanar res a la família és un factor important en l'envelliment harmoniós dels avis. Són econòmicament autosuficients i no estiren més el braç que la màniga. Poden seguir les recomanacions de la geriatria moderna per mantenir cos i ment en forma. Són una part quantitativament important, però encara constitueixen excepcions.

El neuròleg Nolasc Acarín, en un article publicat a *La Vanguardia* amb el títol «Envejecer», va escriure: «*La mayoría de los viejos tiene pocos recursos y menos incentivos para mantener una cierta actividad intelectual que estimule su cerebro, que facilite la adecuada generación de conexiones neuronales y se pueda mantener así una vida inteligente.»* I el doctor Acarín recomana que els vells, a més de fer exercici físic, puguin trobar una «ocupació cultural, sigui individual o en activitats socials de caràcter col·lectiu».

Aquestes són reflexions d'un home de ciència que ha tingut i té l'ocasió d'elaborar i contrastar les seves tesis amb la realitat dels ambulatoris, els serveis mèdics públics i privats de consulta i tractament de patologies derivades de l'edat. Són deduccions que ajuden a interpretar les d'un estudi realitzat el 1997 per un equip de neuròlegs i neuropsicòlegs entre 2.142 persones ingressades en 21 residències per a la tercera edat en 13 comarques de Catalunya, estudi sintetitzat en aquest titular de l'*Avui*: «El 45% d'ancians catalans ingressats en residències públiques pateixen Alzheimer, tenen una mitjana de 83 anys i un nivell de formació baix.» Tot i no ser dades extrapolables a la població catalana major de 65 anys ni a la totalitat dels 36.000 ancians que viuen en residències públiques i privades, la situació contrastada és bastant generalitzable. Crida l'atenció, particularment, que en la població estudiada predominin les dones (76,5%) amb un baix nivell d'escolarització (un 45% són analfabets o analfabetes funcionals). Podria atribuir-se la prevalença de les dones al fet conegut que la dona viu més anys que l'home, però no explica el baix nivell cultural. Tractant-se de la generació de la guerra i de la postguerra, revela la marginació de què era víctima la dona en aquella època, situació que sortosament ha millorat amb l'adveniment de la democràcia i la lluita dels moviments feministes.

Les velles que he conegut als centres per a la tercera edat i en les organitzaciones específiques de caràcter cultural i cívic són les més actives, les que mostren capacitat d'iniciativa, les més creatives i decidides a l'hora de reivindicar. Viuen l'ancianitat amb un tarannà optimista. Com a consumidores no es deixen ensarronar ni confondre. El senyor Pere Carbonell, en un article a l'*Avui*, parlava de «revolta de les dones grans recordant que el fenomen no es produeix per generació espontània». És fruit de la tasca d'associacions «que vénen de lluny i en les quals militen dones grans que ja hi van ingressar de joves o en la maduresa».

També hi ha aspectes negatius en els comportaments i hàbits dels vells i velles i no es poden obviar a l'hora de reflexionar sobre aquesta qüestió. El doctor Luis Rojas Marcos alerta contra la tendència de molts ancians a convertir-se en el centre d'atenció de la família, dels amics i veïns, exagerant les seves malalties o inventant-ne algunes. El polifacètic Joaquim Renart tenia vuitanta-dos anys quan, el 2 de juny de 1961, anotà en el seu famós diari:

> «Decididament els vells i els malalts som uns egoistes. Tot ho supeditem al nostre ús personal. Ens creiem encara que som en el candeler, que no hi ha altre afer important que tenir cura de nosaltres; som exigents en tot i no ens fem càrrec de res.»

Potser en fa un gra massa, el simpàtic Renart, en aquest rampell autocrític, però suggereix amb franquesa la figura de l'avi perepunyetes del seu temps. Encara en queden. Enrique Miret Magdalena, en una xerrada a la Universidad de Mayores Experiencia Recíproca de Madrid (la UMER), donà alguns consells *«para mantenerse»*, el segon dels quals deia:

> *«Hemos de evitar que el viejo se convierta en lo que dice el refrán: "¿Qué es la vejez?: estornudar, toser y preguntar que hora es." Lo malo de estar centrado en uno mismo, volverse aprensivo, hacerse la víctima inútil, que todos deben estar pendientes de él, y que ya no tiene más misión que ser cuidado y pasar el tiempo sin finalidad alguna. Es verdad que a partir de los 50»*, afegia com segon consell el prestigiós periodista

octogenari, «*empiezan las goteras, pero porque no nos hemos cuidado, ni hemos hecho una vida sana que hubiera impedido este derrumbamiento físico que, sin embargo, todavía tiene remedio.*»

El punt número 7 del decàleg de consells d'Enrique Miret Magdalena diu:

> «*Hay también que evitar que se vuelvan retraídos, pues es cierto que "años y desengaños hacen a los hombres huraños" y, ¿cuál es el estímulo a emplear?, que nos cuenten sus anécdotas y experiencia de la vida, incluso que pueda haber charlas de algunos más dotados para que tengan esa expansión enriquecedora contando a los demás lo que saben, ayudándoles a prepararlo bien para que no resulte una cosa pesada. Pues "antes faltarán peces en el mar, que le falten al viejo cosas para contar".*»

És un bon consell, però els vells que volem contar les nostres experiències o senzillament opinar sobre el que sigui ens exposem a ser interromputs amb l'impertinent i desconsiderat «no em conti les seves batalletes. No t'enrotllis, *abuelete...*»

I, tanmateix, Miret Magdalena té raó. El que ell recomana és una teràpia contra l'aïllament i la solitud de l'ancià. Una teràpia barata, innòcua i pedagògica per la informació que aporta als joves i els valors que transmet. Mentre parles, mentre tens davant o al costat algú que t'escolta i regires el pòsit de records per contestar-li, el cervell treballa, genera memòria, o sigui vida. Així pots evitar o ajornar la demència senil en les seves variades expressions.

No és una qüestió de «*los más dotados*»; no cal tenir bon bec ni el que en diuen «*facilidad de palabra*» sinó un romanent d'intel·ligència, ni que sembli rovellada. Usant-la perd rovell i es desbloqueja.

> «La intel·ligència verbal no decau necessàriament amb l'edat, i podria augmentar quan s'envelleix. Els neuropsicòlegs demostren que si amb l'edat disminueixen certs aspectes de la intel·ligència, sobretot la rapidesa per processar informació, quan es dóna als vells el temps suficient, resolen tan bé com els joves els tests de capacitat cognitiva. I la curiosa conclusió que deia: la reducció de memòria està vinculada a la reducció de l'activitat física.»
>
> JOSEP M. ESPINÀS, *Avui*, 9 de maig de 1996.
> (L'escriptor tenia setanta anys, el seu pare vorejava els cent i estava en plena forma.)
> L'article es titula: «Exercici i cervell».

Aquí entrem en el delicat terreny de les neurones, tema encara controvertit, després d'una pila de tesis científiques i empíriques confrontades però cada cop més coincidents en l'essencial: les neurones del cervell humà es regeneren. Si és així, s'obre la gran esperança en el món de la geriatria: evitar o curar malalties com l'Alzheimer. Hi treballen els neuròlegs més eminents. S'hi dediquen recursos ingents amb resultats que n'estimulen la recerca.

Una crònica de la periodista Rosa Townsend des de Nova York, publicada a *El País* el 23 de novembre de 1999, donava una notícia que, en el curs dels dos anys escolats, s'ha confirmat amb noves aportacions a l'estudi de la regeneració neuronal del cervell. Primerament, llegim la crònica de Rosa Townsend. Després hi afegirem opinions tan prestigioses de neuròlegs com la de la ja esmentada Rita Levi Montalcini i la del psiquiatre Luis Rojas Marcos.

> «*La ciencia ha dado un salto gigante para desentrañar los misterios del cerebro, el órgano que guarda las claves de lo que significa ser humano y la singularidad del individuo. El hasta ahora dogma de que el cerebro de los adultos nunca genera nuevas neuronas acaba de ser anulado por el descubrimiento de la Universidad de Princeton de que, cada día, miles de nuevas neuronas aparecen en la corteza cerebral, el área en la que se desarrollan el intelecto, la personalidad y la memoria. Esto abre un nuevo y prometedor frente para tratar enfermedades degenerativas como las de Parkinson o de Alzheimer, y para entender la naturaleza de la memoria. Pero también abre un debate sobre el punto hasta*

lo que se debe manipular el cerebro para detener su envejecimiento.»

ROSA TOWNSEND, *El País*,
23 de novembre de 1999.

En la mateixa secció «Salud», *El País*, publicava, el 28 de setembre —dos mesos abans de la informació de la seva corresponsal a Nova York—, unes declaracions de la doctora Paola Timiras, fetes, durant la seva breu estada a Barcelona, a Marta Costa-Pau. Timiras, doctora en Medicina per la Universitat de Roma, dirigia un laboratori d'investigació de l'envelliment al Departament de Biologia Molecular i Cel·lular de la Universitat de Califòrnia, i es trobava a Barcelona per cloure un màster de gerontologia social a la Universitat de Barcelona. Es referí a la importància que tenen les investigacions sobre malalties degeneratives que, segons el científic espanyol i premi Nobel Ramón y Cajal, no tenien cura perquè *«tenemos un número limitado de neuronas que no pueden regenerarse ni reemplazarse porque entonces perderíamos la memoria»*. La doctora Paola Timiras comenta en l'entrevista que li fa Marta Costa-Pau a l'edat de setanta-sis anys.

«Ramón y Cajal no se equivocó. En términos generales, su teoría sigue siendo válida, ya que es cierto que las neuronas no pueden regenerarse. Pero no tuvo en cuenta que en circunstancias especiales, cuando se actúa sobre el ambiente que rodea las neuronas, estas pueden reproducirse.»

DRA. PAOLA TIMIRAS, *El País*,
28 de setembre de 1999.

Als setanta-sis anys, la professora Timiras ofereix l'aspecte vital descrit per la periodista catalana en aquesta imatge precisa i atractiva:

«Paola Timiras, cuyo aspecto físico y su extraordinaria vitalidad no permiten adivinar su verdadera edad (76 años), es considerada una autoridad mundial en el estudio de las bases fisiológicas del envejecimiento.»

La neuròloga Rita Levi Montalcini, vint anys més vella que la seva compatriota Timiras i, per consegüent, amb una experiència més llarga en la investigació de l'estructura i funció del sistema nerviós, ha valorat en diferents ocasions els treballs de Ramón y Cajal i en el seu assaig *L'as a la màniga* s'hi refereix en aquests termes:

«Gràcies a l'obra fonamental de Ramón y Cajal, a la segona meitat del segle XX es revelava la composició i l'estructura del sistema nerviós en tots els seus aspectes.»

En aquest mateix llibre, la ja guardonada amb el Nobel de medicina torna a l'obra del científic espanyol amb una reflexió més crítica, però lúcida i aclaridora: «Fins fa uns decennis, els estudiosos del sistema nerviós estaven d'acord amb tot el que havia afirmat, a començaments del segle xx, Ramón y Cajal: "... les vies nervioses són fixes, finites i immutables. Tot pot morir, res no es pot regenerar..." Aquest dogma», escriu Rita Levi Montalcini, «es va ensorrar amb la demostració que els components del sistema nerviós perifèric i central no estan fixats de manera irreversible en el programa genètic, perquè s'adapten a exigències ambientals de considerable abast, no només en el període inicial del desenvolupament, amb la diferenciació ja acabada, sinó també en la fase senil, la qual cosa és ben remarcable.»

De manera que aquells que ens trobem en «la fase senil del desenvolupament» no estem condemnats, fatalment, als desastres causats pel desgast de les neurones.

I això ho diu una dona de ciència que no ha perdut ni gota de les seves facultats mentals. ¿Com s'ho ha manegat per evitar-ho? Aquesta és «la mare dels ous» o «la pregunta del milió», com diuen ara.

Ella mateixa ho explica a la periodista Lola Galán en una àmplia entrevista publicada a *El País*, el

12 de juny de 1999 en ocasió de la presentació de la seva autobiografia, *Elogio de la imperfección*. L'entrevista demostra, com es diu en el preàmbul, «*la coherencia que existe entre sus investigaciones sobre la senilidad y el cerebro y su propia actitud vital*».

El missatge és altament estimulant per als que ja hem deixat enrere els vuitanta anys i naveguem rumb als noranta. La periodista diu que la nonagenària científica la va rebre al Centro Nazionale de Ricerca de Roma, on segueix treballant a la secció de neurobiologia, a més de pronunciar conferències i escriure llibres amb l'ajut d'una gravadora perquè «*ya no tengo buena vista*», segons va dir.

> «*La Fundación que lleva su nombre, dedicada a ayudar a los jóvenes a encontrar un futuro, se ha convertido en la gran misión de su vejez. Una edad de la vida que para muchos evoca exclusivamente reclusión y recuerdos, pero que para Levi Montalcini reserva enormes satisfacciones, a condición de que el ser humano sea capaz de prepararse para ella, ejercitando el cerebro toda la vida. "A los 90 años sigo interesada en mi trabajo, pienso en el futuro y no vivo de recuerdos", dice la doctora que ha abordado el tema de la senilidad en* El as en la manga.»

La periodista Lola Galán diu a l'entrevistada que, llegint la seva autobiografia, treu la conclusió que ha fet una vida monàstica, no en un sentit religiós sinó referint-se a la classe de relació que ha tingut amb el treball. Rita Levi Montalcini contesta:

> *«Podríamos considerarla así, o sea, una vida dedicada enteramente a la tarea científica y social. El único objetivo de mi larga vida ha sido siempre el trabajo científico que me ha llevado a Estocolmo y el interés social que me ha llevado a la promulgación de los Derechos Humanos, a la creación de la Women International Network y a la Fundación Levi Montalcini. Ahora estoy dedicada sobre todo a las cuestiones sociales. Porque ha disminuido mi actividad de laboratorio, ya no puedo dedicarme a ello, he perdido vista, aunque sigo teniendo la capacidad de pensar.»*

La capacitat de pensar i el coratge de dir el que penses no són atributs adquirits amb els anys si no s'han manifestat abans d'envellir. Els ancians que, com Rita Levi, els tenen i els professen són persones excepcionals però no perfectes. El títol del darrer llibre de l'eminent neuròloga italiana no és casual: *Elogio de la imperfección*. El títol és tan expressiu del contingut que no cal explicar-lo. L'autora s'hi descriu en totes les facetes de la seva personalitat i sense falsa modèstia ni afany exhibicionista, parla de les seves imperfeccions, dels fracassos assumits en la lenta i llarga recerca de solucions de problemes que afecten la salut, el benestar i l'equilibri de la societat. I aquesta lluita avança *malgrat* les imperfeccions dels homes i les dones que l'assumeixen. Una valuosa lliçó de perseverança. Amb l'excusa de buscar la perfecció hi ha homes i dones que no fan res de bo, entre els vells i entre els joves.

El llibre *Elogio de la imperfección* esperona l'esforç per promoure causes justes considerades, d'antuvi, «causes perdudes». Treu al fracàs connotacions desmoralitzadores i desmobilitzadores i ajuda a recobrar la confiança dels que se saben imperfectes. L'important és sentir-se capaç de pensar. Conservar la ment activa. El doctor Luis Rojas Marcos, des de la seva experiència com a president de la Corporació Sanitària i Hospitalària de Nova York, ho recorda i ho reitera en els seus escrits i conferències, entrevistes radiofòniques i debats a la televisió:

> «*Numerosos estudios demuestran la relación positiva entre la calidad de vida a partir de los 65 años y el envolvimiento con la vida. Este envolvimiento consiste concretamente en la interacción física y emocional con el mundo circundante y la dedicación a tareas y actividades que estimulen y ejerciten, tanto los órganos del cuerpo —sentidos, corazón, pulmones, músculos y articulaciones— como las facultades del alma —memoria, entendimiento y voluntad—. También se ha comprobado que las personas mayores que conservan activa la mente y se esfuerzan en aprender cosas nuevas y man-*

tener al día, experimentan una vejez más gratificante. En este sentido, el ordenador, como instrumento de información, de comunicación y de estímulo mental, ofrece grandes posibilidades.»

LUIS ROJAS MARCOS,
Aprender a vivir.

Com a «*instrumento de información*», l'ordinador pot ser recomanable als vells però em permeto discrepar del doctor Rojas Marcos quan diu que és recomanable com a estímul mental.

Tinc les meves reserves sobre la necessitat i l'eficàcia d'introduir els vells a les coves d'Internet, i no perquè sigui massa gran per aprendre «noves tecnologies», sinó per un instint rebel contra tota mena d'inducció a canvis presentats com a renovadors, canvis en la manera de viure la quotidianitat que, en el cas dels ancians, pot destarotar l'ànim, excitar-lo i crear-li problemes «col·laterals» als que planteja l'envelliment. Conec alguns coetanis que ho han intentat, per curiositat, per demostrar als néts que els iaios encara «carburen». L'experiència no ha estat positiva. En l'esforç esmerçat i el temps que hi han dedicat, han oblidat coneixements adquirits en el llarg procés vital i, en més d'una ocasió, han perdut autoestima. La sensació de fracàs, atribuïda a l'edat, els ha fet sentir més vells del que són.

Les meves reserves són fruit de la meva ignorància. En sóc conscient, fins i tot poden semblar reaccionàries, perquè es critica eines de progrés tan prodigioses com la informàtica. Tal vegada és la por de la incontrolable expansió de la cibernètica en mans de multinacionals que concentren no sols el capital del colossal negoci sinó els ressorts de la seva distribució i orientació política i moral, i tot plegat, ho confesso, m'espanta, em fa malastrugança.

No em vanto d'una incapacitat que, en la meva professió, sembla un contrasentit, però tampoc no em crea cap complex d'antiquada ni ho justifico amb l'avançada edat, perquè hi ha nonagenaris com Francisco Ayala, que, en festejar els noranta-cinc anys al març d'enguany (2001), ha expressat la seva admiració pels ordinadors i el seu agraïment exultant per la difusió que Internet fa de la seva obra literària. La premsa de Madrid n'ha informat amb aquest titular sota una foto del gran escriptor granadí amb un ram de flors a les mans: *Ayala cumple 95 años y saca una «web».*

«Pletórico de energía, humor y lucidez, Francisco Ayala cumplió ayer 95 años. Para celebrarlo, y como síntoma de que el ensayista, sociólogo y escritor granadino sigue estando a la última, su fundación pone en marcha una página web (www.ayala.es) llamada "El

> *Jardín de las delicias" en la que sus seguidores internautas podrían consultar fondos, ver fotos, oír su voz y conocer mejor su obra.»*

Ningú no podria negar el prodigi tècnic i cultural que suposa l'esdeveniment. El mateix Ayala es mostra encantat amb la seva web:

> *«Siempre he estado muy atento a los medios de comunicación electrónicos. Escribí muy temprano sobre la televisión y he practicado el arte del ordenador desde el primer día, con la desventaja de que se me ha olvidado escribir a mano.»*
>
> FRANCISCO AYALA, *El País*,
> 17 de març del 2001.

Si jo m'oblidés escriure a mà, hauria de plegar. Entre els amics escriptors, editors i fins i tot lectors, sóc una *rara avis* perquè em resisteixo a l'ús de l'ordinador per a la meva feina. Em proposen fer la prova, servir-me'n com a eina de treball, i em reciten la llista d'avantatges del giny, com ara la de corregir el text sobre la marxa, cosa que sembla complicar extraordinàriament la feina de l'escriptor «convencional». Jo tinc altres procediments i no he sentit la necessitat de canviar-los per la tècnica cibernètica. Recordo les divertides polèmiques que tenia amb l'estimat Tísner, un *forofo* de l'ordinador que intentà insistentment convertir-me a la seva religió cibernètica. Tal vegada la paraula *religió* no és la més indicada però s'hi assembla.

Jo escric la primera versió dels meus articles i llibres amb el bolígraf i sobre paper ja utilitzat d'una sola cara, del qual tinc reserves ingents. Després la passo a màquina —durant molts anys, una Olimpia que enyoro i dues Olivetti-lettera portàtils i manuals. Més tard, fa quatre anys, em vaig comprar, assessorada per una amiga del barri que regenta una botiga de màquines i ordinadors al carrer Aribau, una Triophadler elèctrica, model Gabriela 7007-L, amb la qual puc treballar un parell d'hores seguides, sense clavar la mirada a la pantalla bellugadissa, sense interrupcions per avaria al circuit elèctric, ni virus emprenyadors, ni cap dels imponderables de la cibernètica.

Amb les Olimpia i Olivetti vaig guanyar-me la vida traduint al meu retorn de l'exili. Hem compartit moments exultants i d'angúnia, d'incertesa i de satisfacció escrivint més de quaranta llibres i centenars d'articles des de l'edat de quaranta anys fins als meus vuitanta, «salivats» i actius. No em sento «bullir la sang», com cantava l'estimat Joan Manuel Serrat als seus vint anys, però tampoc no llenço el bolígraf per seguir treballant... sense ordinador.

M'agrada una frase de José Saramago en què

contesta la pregunta de per què no utilitza l'ordinador. «Perquè l'ordinador no pot plorar.»

Amb l'edat, ens tornem sentimentals perquè sabem més de la vida. I la vida no és únicament biologia.

El professor de filosofia José Luís L. Aranguren vorejava els noranta anys quan publicà el seu llibre *La vejez como autorrealización personal* a finals de 1992. En presentar-lo a Madrid —quatre anys abans de morir d'una lesió cardíaca inoperable— l'explicà amb la franquesa que caracteritza el lèxic i el capteniment de l'ancià «políticament incorrecte», segons formulació dels llepafils erigits en crítics indiscutibles, majorment joves i «progres» que busquen, morbosament, contradiccions i incoherències en les autobiografies dels vells per poder presumir d'erudits i de moderns. Quan troben o creuen trobar en l'obra d'algun ancià una formulació o una dada incongruent insinuen que es tracta de *«viejos decrépitos que carecen de capacidad evocadora, analítica y reflexiva»*.

El professor Aranguren establí una subtil diferència entre memòria com a *«facultad mental»* i la *«memoria del corazón, capaz de recordar los afectos y sentimientos de su vida pasada, los importantes y decisivos que configuran su personalidad»*, va escriure

Carlos Gurméndez en un article sobre l'assaig autobiogràfic d'Aranguren, article titulat: *Elogio de la senectud.* En el llibre ressenyat, el professor Aranguren no mostra cap signe de decrepitud, sinó consells força adients per escriure vivències personals i generacionals, com en el meu cas. Em considero escriptora testimonial, no sols de vivències individuals sinó del capteniment de la meva generació en l'època que ens tocà viure: l'adveniment incruent de la Segona República, la Guerra Civil desfermada pel feixisme, la lluita popular per ferli front, la derrota, l'exili, la recuperació de la democràcia malgrat la repressió sagnant dels vencedors. I per tal de donar-ne testimoni, no n'hi ha prou amb les hemeroteques i la memòria com a «*facultad mental*»: l'important és «*la memoria del corazón*», com deia el recordat José Luis L. Aranguren.

Quan als vuitanta anys escrius sobre una vida tan plena d'esdeveniments, t'arrapes a la «memòria del cor» a risc d'oblidar noms i xifres, dades territorials i paisatges desapareguts; pots prendre per realitats el que només fou projecte frustrat però, com va dir el professor Aranguren, «*el recuerdo del corazón es mucho más importante que la memoria inerte*».

I amb els records del cor identifiques els fets registrats a les hemeroteques, decideixes escriure-ho i ho fas a mà, sobre paper blanc d'una cara. L'altra ja fou escrita i fa camí. M'agrada saber que sembro sobre rostoll i no sobre pedra. I la sembra és manual.

La memòria del cor es fa escoltar pel paper en blanc via bolígraf i el teclat de la màquina manual sempre disponible. Si la tractes bé t'ho demostrarà. Amb l'ordinador no hi haurà mai aquest *feeling*. Com va dir l'octogenari José Saramago, «*el ordenador no llora*».

> Sigues fidel
> a les petites coses,
> no t'és donat volar
> sobre el callat abisme.
>
> JOAN VINYOLI, «Cap a les dues».

No són únicament tasques intel·lectuals les que agullonen l'activitat cerebral. El septuagenari i eminent neuròleg Jordi Cervós segueix actiu en el camp de la seva especialitat. Acumula experiència, no sols teoria, al capdavant de l'Institut de Neuropatologia de la Universitat Lliure de Berlín, i en declaracions fetes a Bilbao en ocasió d'una trobada científica negà que l'envelliment generi inevitablement la demència senil. Aconsellà, com a mesura preventiva, mantenir el cap en activitat i, predicant amb l'exemple, anuncià que als seixanta-cinc anys (ara en té setanta) havia començat a estudiar la llengua russa. Devia desconcertar més d'un col·lega quan afegí:

> «*Pero hay también otras tareas más sencillas de practicar recomendables: preocuparse de las faenas del hogar, atender a los nietos, cuidar un jardín, escuchar música o ir al teatro, son costumbres muy positivas para mantener la capacidad intelectual, tan ágil en la ancianidad como en la juventud.*»

El País, 31 d'octubre de 1995.

Un mes abans d'aquesta declaració del doctor Jordi Cervós, el també neuròleg català Nolasc Acarín exposava tesis similars en un article publicat a *La Vanguardia*, titulat «Envejecer.» Deia, entre altres consideracions:

> «*Se ha hecho una labor notable para difundir la conveniencia del ejercicio físico moderado en personas ancianas a fin de mejorar el riego sanguíneo cerebral, pero no basta, el ejercicio físico debe acompañarse de ejercicio mental... Sería recomendable que los ancianos, además de cierto ejercicio físico, se esforzasen y recibieran ayuda para hallar una ocupación cultural, sea una*

labor individual como la filatelia o la clasificación botánica, o aún mejor, una actividad que los mantuviera en contacto con los jóvenes, como un trabajo científico, social, proseguir el interés por mejorar el mundo, o dedicarse a la formación de sus nietos.»

La Vanguardia, 17 de setembre de 1995.

La recomanació del doctor Jordi Cervós als jubilats mascles per instar-los a «*preocuparse de las tareas del hogar y de atender a los nietos*» equival a una valoració del paper de les mestresses de casa i l'esforç mental que exigeix arribar a fi de mes amb ingressos migrats i les oscil·lacions del mercat que elles no controlen. Les *tareas del hogar* no requereixen únicament fer l'escarràs sinó coneixements de logística, d'aritmètica i de psicologia, i en assignar aquestes tasques exclusivament a la dona es priva l'home de coneixements i habilitats que un dia, especialment en la vellesa, li poden fer falta. Aquest és un punt en el qual poden convergir l'interès de l'home i el de la dona.

«*La emancipación de la mujer*», diu el famós neuròleg, professor de la Universitat Lliure de Berlín, «*va a ser beneficiosa para los hombres porque les va a obligar a trabajar en el hogar después de la jubilación.*»

El País, 31 d'octubre del 2001.

A diferència de la dona que envelleix o es queda sola, l'home es troba desproveït d'allò que li feien els altres, la dona en aquest cas. No li han ensenyat o no ha volgut aprendre a ser autosuficient en la seva quotidianitat domèstica. En envellir ha d'afrontar les conseqüències de la seva «inutilitat» i si és vidu, divorciat o conco, busca la solució en un casori de conveniència, en un *apaño* ocasional amb una veïna vídua que no vol casar-se per seguir cobrant la pensió de viduïtat, o llogant els serveis d'una assistenta a tant l'hora, si la pensió de jubilat o l'eventual patrimoni li ho poden permetre. Els darrers anys es practica la transacció comercial-sentimental entre home vell sol i dominicana o peruana, guineana o búlgara, immigrants sense papers que, en casar-se amb un espanyol, legalitzen la seva residència, resolen el problema de l'habitatge i obren camí a les germanes, els cosins o els cunyats que fugen de la misèria dels seus països i es busquen la vida a *la madre patria*. És un procediment que, de retruc, resol els problemes de solitud i d'incapacitat de persones grans que no es poden valdre per elles mateixes. Els cal algú que els ajudi a vestir-se, alimentar-se, rentar-se, passejar, anar a l'ambulatori, al cine o a un concert per viure dignament perquè la vida, com digué el nostre Joan Vinyoli, és per viure-la, no per patollar-hi.

> *«Afirma Aranguren que el viejo puede ser más solidario que nunca y desarrollar una intensa vida social afectiva... En su profundo estudio sobre amor y sexualidad en la vejez, juzga que los viejos pueden amar con cariño pero sin pasión pues quieren más ser amados que poseer y entregarse. Es la edad del cuidado y de la concentración en la vida que todavía queda, de búsqueda, de apoyo y de ser amado... el viejo es capaz de un saboreo estético-erótico de la vida, del erotismo cariñoso, mucho más que de la violenta sexualidad.»*

CARLOS GURMÉNDEZ, comentant l'assaig del professor Aranguren *La vejez como autorrealización personal y social. Babelia*, dins *El País*, 12 de desembre de 1992.

M'agrada l'expressió *erotismo cariñoso* per definir la sexualitat en la vellesa. En l'aventura d'envellir descobrim la importància de les paraules i dels conceptes. Alguns la trobaran cursi o *light*, com se'n diu ara de les begudes sense alcohol, sense cafeïna, sense tetina ni cap additiu excitant.

Les dones velles no solem parlar de sexe ni usem el gal·licisme *fer l'amor* com a eufemisme de *follar*, *fornicar*, *cardar* o *catxar* —modisme lleidatà. Això de «fer l'amor» és pedant i fatxendós, una expressió que no ha arrelat entre les dones i els homes d'edat «avançada» o provecta. En català tenim els indefinits *dallonses* i *daixonses* que ens serveixen per omplir buits de memòria, despistar l'interlocutor, substituir paraules i expressions malsonants i amagar la nostra ignorància.

La meva generació encara no admet l'elogi dels nostres néts als canelons cuinats per l'àvia: «De puta mare, iaia, t'han sortit de puta mare.» Pitarra ho hauria incorporat al seu lèxic obscè i escatològic, com ho era el repertori de Francesc Vicent Garcia, el *Rector de Vallfogona*, amb estirabots que voregen la pornografia anticlerical que servia d'afrodisíac innocu i barat, com el teatre de Pitarra, el més irreverent i modern.

Recordo els dissabtes de mercat a Balaguer quan jo era xiqueta. Els pagesos que esmorzaven amb vi sota els porxos de la plaça Mercadal parlaven de dones, o sigui de sexe, com solen fer-ho els homes: inventant o exagerant proeses de catre amb una imaginació agullonada per alguna marmanyera de llengua picant i escandalosa. Tot plegat era una mena de masturbació col·lectiva, exercici de preescalfament que els preparava per tocar cuixa i mamella al bordell de l'altra banda del Segre, bordell legal, conegut amb el nom de Les Manyes. Aquells pagesos i botiguers o venedors ambulants no eren vells però ja ho semblaven als cinquanta anys. Vidus o concos que, com deien les gallinaires que participaven en l'orgia verbal: «Presumiu del que no feu i voldríeu fer, mamarratxos...» «¿I què volien fer?», ens preguntàvem la canalla que escoltàvem la conversa asseguts a terra amb les cames encreuades.

Aquella manera barroera i primitiva de parlar de «porqueries» marcà l'educació sentimental d'unes quantes generacions. Avui es parla amb més naturalitat dels plaers de la carn, especialment les dones, més descarades, ben informades sobre orgasmes de què no han fruït mai, ereccions virils que «fan figa», tècniques del Kamasutra llegides a les revistes de sexe i altres particularitats de les relacions sexuals humanes que la proliferació de revistes especialitzades i els debats radiofònics i televisats posen a l'abast de la gent gran, consumidora convulsiva de morbo i xafarderies sobre adulteris, compra-venda de gigolós per les senyores granadetes i esposes insatisfetes, i nenes de seda per al vell folrat d'or que no sap viure en la castedat recomanada pels gerontòlegs. No són l'equivalent al *viejo verde* de la sarsuela, però sí l'equivalent en versió moderna. Aquí, quan l'home que envelleix desitja estar *en disposición galante* lloga un vídeo porno a la cantonada i s'ho passa d'allò més bé.

La dona té una sexualitat que no acuita tant i més imaginació per prescindir del sexe. A diferència del mascle, pot viure sensacions eròtiques intenses llegint *El cosí Basilio*; per exemple, l'escena a l'interior d'un carruatge sobre les llambordes de

Lisboa, on Basilio sedueix, amb la sola paraula, l'alè a cau d'orella de la cosineta casada i avorrida que es lliura en cos i ànima a l'home que la fa sentir dona. Els personatges d'Eça de Queirós practiquen l'*erotismo cariñoso* formulat pel professor Aranguren.

En l'aventura d'envellir ensopegues, sovint, amb les misèries d'una sexualitat destarotada o primària. Aquesta sexualitat ha sobreviscut a frustracions i mentides a cops de «carinyo», que no és l'*amour* de les novel·les franceses ni el gran *love* d'*Allò que el vent s'endugué*. El «carinyo» és quelcom més que el *cariño*. Aquest no té ni traducció catalana o ha d'ésser traducció literal amb fonètica nostrada, substituint la *ñ* del castellà per la *ny* del nostre alfabet. A Barcelona diuen «carinyu», especialment les peixateres dels mercats municipals, que són força carinyoses.

En la vellesa, la pulsió sexual pot derivar en casos patològics. Un cervell deteriorat —diuen els sexòlegs— no és capaç de controlar l'eventual pulsió eròtica i s'observa el desenrotllament de deliris eròtics que voregen la demència senil...

El problema més greu són les anomenades «perversions senils», que, curiosament, no semblen afectar la dona. Aquí, en el curs de l'aventura d'envellir dignament, s'hi descobreix molta misèria moral difícilment condemnable i totalment incurable però sí preventible, o sigui es poden evitar o mitigar amb mesures profilàctiques i socials. En el seu assaig *La vieillesse*, citat en altres capítols d'aquest opuscle, Simone de Beauvoir aborda el problema sense por d'escandalitzar, ni ofendre ni ferir susceptibilitats:

> *«Una cuestión discutida es la de saber si las perversiones seniles suelen entrañar o no delitos. Kinsey acepta la idea bastante difundida de que los viejos impotentes son a veces culpables de atentados contra niños. Es también la tesis del doctor Destrem. El erotismo de los viejos —dice— adopta formas semejantes al impulso patológico. Son a veces culpables de atentados contra la moral y las buenas costumbres: exhibicionismo, caricias a niños...»*

Altres científics, avalats per estadístiques tan fiables com les primeres, han negat rotundament que aquesta sigui una patologia senil, ja que es dóna, majorment, en individus més joves. La doctora Isadora Rubin, en el seu llibre *L'amour après soixante ans*, es basa en enquestes que han establert que, pel que fa als atemptats contra la moral i els bons costums, les èpoques crítiques són l'adolescència, els anys situats entre els trenta-cinc i els quaranta, les proximitats de la cinquantena. L'especialista en puericultura Donald Mulcock estudià les estadístiques d'un cert nombre d'atemptats contra nens: els homes que es dediquen als nois ho fan entre els trenta-nou i els cinquanta; l'edat dels que es dediquen a les nenes varia entre els trenta-tres i els quaranta-quatre. Les nenes mai no són importunades per homes de més de seixanta-cinc anys.

Tanta informació contradictòria, malgrat el que pugui haver-hi de subjectivisme i d'error, revela, tanmateix, l'existència d'un perill en l'evolució de la sexualitat en alguns ancians que no en són conscients. Alguns pediatres aconsellen als pares d'infants que viuen amb els avis o els freqüenten que els petits han de saber —el com depèn de l'habilitat i el tacte dels pares— les coses que fan o demanen alguns avis jugant o simulant jugar amb els seus néts. És una manera de prevenir abusos, per innocents que semblin, alhora que s'ajuda els ancians a prendre consciència d'una eventual perversió nociva per als infants i traumàtica o deformadora de la seva pròpia sexualitat.

De tot això es podria deduir que les «perversions senils» es donen únicament en els ancians mascles i que les dones en són excloses, atesa l'especificitat de la seva sexualitat, que els sexòlegs qualifiquen de més complexa, més polivalent i més autosuficient que la masculina. Altres particularitats es manifesten, amb més o menys grau, en el procés d'envelliment, des de la menopausa, que l'allibera de les servituds d'un embaràs no desitjat, quan ja ha conegut el goig de la maternitat i la intensitat afectiva que l'uneix amb els fills, experiències del cos i de la psique, o sigui l'ànima, que no tindrà mai un mascle.

D'altra banda, la dona envelleix amb una sexualitat menys peremptòria, que li permet gaudir del sexe i els preliminars, sense les ànsies i les urgències de l'home apressat i preocupat per «quedar bé». A diferència de la seva parella femenina, no pot simular el que l'òrgan viril no reclama.

En envellir, la dona aprèn a destriar el gra de la palla en matèria de sexe. Em malfio de les enquestes sobre la vida sexual com les que ha elaborat la famosa sexòloga Shere Hite, de les quals es treuen deduccions que no es corresponen al que diem les dones entre nosaltres, al que callem quan ens pregunten, perquè de la nostra vida sexual no n'han de fer res. Les dones en parlem entre nosaltres sense hipocresia, ni por de passar per frígida, ni ínfules de vampiressa, ni mala consciència per no haver culminat *l'amour fou* ni els «sublims orgasmes» del bolero de Lolita de la Colina. En envellir, la dona va descobrint que en això del sexe hi ha molt *cuento* i no poca camelística intel·lectual, molta simulació i fatxenderia, i això no ho reflecteixen les enquestes, ni els debats a la televisió amb invitades exhibicionistes i amb experts de renom.

Però la dona també reté a la «memòria del cor» moments inefables de plaer eròtic no buscat, no preparat: una revolcada al bosc després d'una passejada, les mans enllaçades amb les d'ell, la punta dels dits bescanviant els batecs de la sang engrescada al ritme just, sense presses, com una llarga carícia que culminarà en la fusió dels cossos que es desitgen. Són moments pletòrics que la dona recordarà tot envellint sabent que són irrepetibles i que passaran els anys escalfant-nos el cos i l'ànima.

Les ancianes no cauen en les «perversions senils» estudiades pel doctor Kinsey, ni representen un perill per als infants de la família que els són confiats. Les seves «desviacions» tenen l'origen en la solitud, en la manca de comunicació i d'una relació afectuosa amb aquells i aquelles que les envolten, i busquen suplir-ho amb algun animaló domèstic, que pot ser un gosset d'aspecte desemparat, una gata de pèl sedós i ulls de maragda o un canari cantador. En tenen cura com si fossin de la família, els banyen i els perfumen, els duen a cal veterinari al primer esternut de la criatura, els ensinistren sense la violència dels domadors de circ, amb paciència i tendresa. Els ensenyen a llepar les orelles de l'ama, a morrejar-la amb el musell humit o el bec tendre, que fregarà, tendrament, els punts erògens del cos pansit de la mestressa. I quan l'animaló mor sota les rodes d'un camió desfrenat o d'una malaltia galopant, aleshores la desconsolada ama paga un pam de terra en un cementiri especial per enterrar-hi l'estimat company en «l'aventura d'envellir». Alguns dels epitafis escrits sobre la placa identificadora de l'animal enterrat són documents colpidors sobre la solitud i la bondat d'ancianes o parelles d'ancians del nostre temps.

No són «perversions senils» ni «desviacions sexuals». I si ho fossin, ¿què? No fan mal a ningú. S'ho paguen elles mateixes d'una migrada pensió o del patrimoni personal que la parentela espera heretar quan *l'estrafolària* àvia o besàvia passi a millor vida.

> «He descobert el remei contra l'angoixa de les arrugues: Fugir dels miralls.»
>
> CATHERINE DENEUVE,
> als cinquanta-vuit anys.

> «Ah! Val més que no em trobi amb un mirall: aquestes bosses sota els ulls, aquestes galtes esfondrades, aquesta mirada apagada... Faig por i això m'inspira idees negres.»
>
> ANDRÉ GIDE, als vuitanta anys.

Per a les dones que de joves foren espaterrants i tingueren una maduresa esplendorosa, envejada i cobejada, envellir és un suplici. Passa el mateix amb els homes que triomfaren en societat pel seu atractiu físic, bon gust en el vestir, encís en el parlar i una presència torbadora de seductor irresistible

Ni ells ni elles no envelleixen harmoniosament sinó amb l'obsessió disgregadora de recuperar els signes externs de la joventut que s'allunya insidiosament, una dèria que els lliura a les mans dels nous xarlatans de la cosmètica, la cirurgia plàstica, els esteticistes i modistes, els mags de tarot venedors d'esperança als que l'han perduda..., i si aparegués un doctor Faust prometent joventut eterna a canvi de l'ànima hi hauria cua per fer-h tractes.

Tot plegat incapacita els afectats pel pànic de l'envelliment per viure noves etapes de l'existència humana, noves sensacions i experiències gratificants i creatives, amb altres de més ingrates i doloroses, perquè la vida no és un camí de flors i violes.

Hi ha dones que en envellir no troben a faltar plaers que no conegueren o que només tastaren d'esquitllentes i amb desencís, però sí que enyoren el desig que provocaren en homes del seu entorn, delit explícit o implícit en mirades que les afalagava com a dones que es despertaven a la sexualitat. Per a elles, l'aparició de la primera arruga entorn dels ulls que han perdut esclat, el brot del primer cabell blanc entre la cabellera encara vigorosa o d'una taca de vellesa a les mans, són malastrucs, petits cataclismes que afronten arrapant-se, precisament, als instants ja llunyans però no oblidats i, ai las!, irrepetibles. Però no volen envellir i això, com escrigué el clàssic castellà, «*es poner puertas al campo*».

Entre les dones famoses per la seva bellesa i el seu poder de seducció entre els seus coetanis, homes i dones, hi hagué Madame de Sévigné, que reunia al seu saló de París la flor i nata d'una aristocràcia il·lustrada i refinada. La Marquise començà molt jove a maleir l'envelliment abans d'atènyer el seu cos cobejat. De la seva obra literària destacaren les cartes adreçades a la seva filla, comtessa de Grinhan, cartes escrites amb una llibertat excepcional en el seu temps. En una d'aquelles cartes parlava de «l'atroç vellesa» abans de patir-la i, més tard, es referia a la vellesa dels altres, que l'angoixava perquè li anunciava la seva. «Seria tan agradable deixar de nosaltres una memòria digna de ser conservada i no espatllar-la i desfigurar-la amb totes les misèries que ens porten la vellesa i les seves nafres...» I en el seu desvari va escriure una aberració com aquesta: «Preferiria els països on, per afecte, es mata els pares vells, si poguéssim conciliar-ho amb el cristianisme.» Sembla que la marquesa de Sévigné tenia escrúpols religiosos, que concilià amb idees tan despietades com la que expressà en aquella carta apocalíptica.

Cinc anys abans havia escrit quelcom més reconfortant: «Encara no s'adona ningú de l'edat que tinc. De vegades, jo mateixa em sorprenc de la meva salut. M'he curat de petites molèsties que tenia abans. No sols avanço a poc a poc com una tortuga sinó que estic disposada a creure que camino com un cranc. No obstant això, faig esforços per no enganyar-me amb aquestes aparences.»

Madame de Sévigné encara va viure cinc anys més, fins als setanta, que aleshores eren molts per una dona. La repugnància a la vellesa, la por que els altres la veiessin envellir li escamotejaren deu anys d'una vida que encara no li ho havia donat tot.

> *«Es curioso: tengo 75 años y muchos proyectos, pero de repente te das cuenta de que ya no tienes demasiado tiempo para hacerlos.»*

ANA MARÍA MATUTE,
El País, gener del 2001.

> *«Llevo el paso del tiempo de la mejor manera posible. Con la conciencia absoluta de que el tiempo es irrecuperable, con la preocupación de ver que los plazos se acortan y la angustia de tener muchas cosas que hacer y no saber si podré hacerlas. Trato de llevarme lo mejor que puedo conmigo mismo.»*

JOAN MANUEL SERRAT, en complir
cinquanta-set anys i presentar el seu darrer
disc compacte: *Cansiones*.

Mentre tenim projectes, podem ser vells però no decrèpits. L'aventura d'envellir s'acaba quan s'ha perdut la il·lusió i la curiositat que requereix ordir un projecte i creure-hi, per modest que sigui, per insignificant que sembli als altres. L'important és el valor que tu li atorgues, l'ànima que hi has posat.

Recordo una cançó de l'inoblidable Vinicius de Moraes, un poeta-cantant-compositor brasiler que sabé envellir creant petites meravelles que ajudaren a envellir els seus contemporanis. La cançó es titula «Um pouco d'ilusiao» i ell mateix la cantava amb la veu que, amb els anys i el domini de l'ofici, adquirí la pàtina de les emocions i acumulà substància artística. Escoltant-la un capvespre de tardor vaig dedicar-li el meu article del dilluns a l'*Avui* del 31 d'octubre de 1981. Uns quants dies després el correu em dugué una carta manuscrita del poeta octogenari Tomàs Garcés datada al seu pis de la Gran Via de les Corts Catalanes el 3 de novembre de 1981. Ara tindria cent anys. Aleshores en tenia vuitanta i una obra poètica prodigiosa però no acabada. La seva carta deia així:

> «El seu article del 31 d'octubre em va agradar tant que el porto, retallat, a la cartera; com una estampa o talismà, o exigent recordatori. Perquè jo també, en el món que vivim, i sobretot a la meva edat, necessito que no em falti "um pouco d'ilusiao".»

Tomàs Garcés va morir al novembre de 1993. Tenia noranta-dos anys. La parròquia de Santa Anna on l'acomiadàrem el dijous 18 de novembre era plena de gom a gom. La cerimònia fou tan senzilla com els seus poemes «A l'ombra del lledoner» i «Cançó de l'amor que passa», que inspiraren belles melodies a Mompou i a Vives, pocs anys més vells que ell.

A aquella cerimònia hi vaig dedicar l'article publicat el 22 de novembre a l'*Avui*. En feia la crònica i acabava amb aquesta descripció:

> «La bellesa serena del temple, la música d'orgue que va rebre i acomiadar el vell poeta, l'esguard boirós dels vells amics i el posat desvalgut dels joves em van suggerir que Tomàs Garcés Garcés segurament els volia il·lusionats en algun projecte creatiu, ni que sigui una mica, una miqueta.»

Cròniques de comiat,
Editorial Empúries, Barcelona, 2000.

Tomàs Garcés no es deixà embrutir per *El temps que fuig*, títol del seu esplèndid dietari. Ho evità sortint al carrer cada dia, conversant amb la gent, passejant per l'Eixample de Barcelona, on ens vam saludar tantes vegades i, ja octogenari, caminant entre la natura que li va inspirar poemes vitals i la prosa elegant i precisa dels seus dietaris, com ara la pàgina escrita el 9 d'octubre de 1981:

«He escrit a les golfes de la Selva durant un parell d'hores. Després, a quarts de dues, he emprès el meu passeig fins al Mas de l'Estela. Bon dia: sol i tramuntaneta. Les vinyes del camí són una estesa on es mesclen el verd i el rogenc. Deu fer encara no una setmana que es van acabar les veremes. El raïm ja és als cellers. Als ceps només hi queden, fútil deixalla, quatre cabrots escadussers.

Hi ha pàmpols rosats, altres d'un vermell fosc, d'altres, més pansits, color de taula nova. Mentre camino no deixen d'escometre'm les mosques embriagues. Arribo al Mas, difícilment, esquitllantme entre la paret i un triple rengle de filferro espinós. La gossa ja em coneix. No crida.

No he trobat, com gairebé sempre, ningú pel camí. En un revolt, sobtadament, l'ha travessat una espessa volada de pardals.

A la tornada, contra l'aire del nord, he vist, per primera vegada aquest any, menudes, amb un fons d'ales de vivíssim carmí, dues pampanelles. Després, ran de la meva casa, el llampec de seda d'un espiadimonis.

Avui faig vuitanta-un anys.»

TOMÀS GARCÉS, *El temps que fuig*,
Laertes, Barcelona, 1984.

Encara va viure onze anys més. Morí al novembre de 1993. Al maig d'aquell mateix any li fou concedit el Premi d'Honor de les Lletres Catalanes. El 20 de juliol, en plenes facultats mentals, encarregà als seus fills una nota d'agraïment a tots els que l'havíem felicitat pel premi. Acabà l'aventura d'envellir dignament. Això també l'honora.

Quarta part

Diari del balneari, dimecres, 1 d'agost del 2001

La canícula ens aclapara i busquem l'ombra dels arbres centenaris del jardí del balneari Prats a Caldes de Malavella fugint de la xafogor d'aquest agost atuïdor. El secular establiment d'aigües termals s'ha anat adaptant als canvis generacionals i a les necessitats derivades de l'agitada vida moderna que afecta no únicament l'anomenada tercera edat sinó també gent jove, físicament i anímicament rebregada per professions sotmeses al ritme enfurismat de la nova economia i serveis. Gent «estressada», com es diu traduint de l'anglès.

Els balnearis d'avui no tenen res a veure amb l'asil o les cases de convalescència on anaven a raure els nostres avis impedits. Tampoc no són els fastuosos balnearis de les pel·lícules de Visconti o de Mikhalkov concebuts per al lleure, els plaers i les aventures eròtiques crepusculars amenitzades amb les emocions i angúnies de la ruleta. La parròquia d'aquelles estacions balneàries que prosperaren a Europa s'ho podia pagar amb les fortunes amassades amb negocis de les guerres, el saqueig de les colònies i la despietada explotació dels seus pobles. Eren temps de vaques grasses que afavoriren el sorgiment dels «glamourosos» i literaris balnearis de Panticosa, a l'Aragó; de Cestona, al País Basc; de Karlovy Vari i Marianske Lazne, a Bohèmia, i els de Caldes de Boí, Caldes de Montbui, la Garriga, Vallfogona de Riucorb i del balneari Prats a Caldes de Malavella, on també hi ha el Vichy Catalán. Actualment n'hi ha una desena en funcionament, els uns més adaptats que els altres al nou concepte de balneari.

El desenllaç de la Segona Guerra Mundial, els canvis de sistema polític que imposà i noves reivindicacions dels treballadors en precipitaren la decadència però també la reconversió. Fou l'empresariat francès, dinàmic i receptiu a la pressió social, el que s'arriscà en l'aventura econòmica de fer més assequibles els balnearis, hostals de muntanya i hotels a la vora del mar a una clientela potencial emergent, especialment nombrosa entre jubilats, rendistes i la generació en actiu però amb problemes de salut, conseqüència d'accidents laborals, depressions i accidents de trànsit que requereixen «balneoteràpia», que no és el que abans en deien «una cura d'aigües». El negoci estava garantit perquè la Seguretat Social reconeixia la balneoteràpia com un dret dels treballadors a l'atenció sanitària. Parlo de França, naturalment.

A Espanya no ho hem assolit, encara, però s'avança en aquesta direcció. Els empresaris d'hostaleria hi estan interessats, i les capes modestes del país també. L'Estat hi contribueix a través de l'INSERSO, que, en temporada baixa, omple centenars de places d'hotels i balnearis amb jubilats i mestresses de casa amb ingressos modestos i sense patrimoni. No ho tenen gratuït, però demostrant l'exigüitat dels seus ingressos i amb el certificat mèdic corresponent, gaudeixen de rebaixes considerables. Tanmateix, queden exclosos en temporada alta, cosa justificable per raons econòmiques i també de justícia social. Qui no reuneixi els requisits exigits per l'INSERSO, només ha de fer la reserva directament al balneari i pagar les tarifes vigents, en temporada alta o en la baixa. És el nostre cas i el de la resta dels qui, vells o joves, omplim el balneari Prats i busquem, com he dit en començar aquest diari, «l'ombra dels arbres centenaris del jardí fugint de la xafogor d'aquest agost atuïdor».

Divendres, 3 d'agost del 2001

Avui, al tauler d'anuncis, convocatòries i notificacions penjat a frec de la porta de l'ascensor, he llegit, en un full editat sense peu d'impremta i en lletres grosses que en faciliten la lectura, vuit recomanacions sota el títol «Aprenent a envellir». El primer consell és de caire estètic: «Cuidaràs la teva aparença cada dia. Arregla't bé, com per anar a una festa. ¿Quina festa més gran que la vida?» Sona com la música celestial però sempre hi haurà un vell o una vella que l'escolti i baixin a esmorzar polits, endreçats, afaitats i vestits amb roba neta i adient per començar el dia «com una festa de la vida» i no per obeir cap norma ni edicte. El segon punt recomana: «No et tanquis a casa ni a la teva habitació. Res de jugar a l'enclaustrat o al presoner voluntari. Sortiràs al camp a passejar. L'aigua estancada es podreix i la màquina que no s'utilitza es rovella.»

El tercer punt recomana fer exercici: «Una estona de gimnàstica, una caminada raonable, dins o fora de la casa...», i conclou amb una consigna galvanitzadora: «Contra la mandra, la diligència.» I són tan convincents, que no hi haurà·vell mandrós ni vella gandula que no es tornin diligents, com l'octogenària que, en llegir-lo, baixarà l'endemà a esmorzar després de canviar el barnús de la sessió de massatge *neurosedante* per una faldilla estampada i una brusa de seda gris que li dóna un aspecte més «cuidat», com li diu el mirall de l'armari de la seva cambra.

El punt quart insisteix en l'aspecte com a factor essencial en l'aventura d'envellir: «Evitaràs gestos i actituds de vell desanimat. El cap baix, l'esquena inclinada, arrossegant els peus... NO! Que les persones t'elogiïn quan passis...» I el punt cinquè és encara més contundent: «No parlaràs de la teva vellesa, ni et queixaràs dels teus mals. Acabaràs trobant-te més vell, més malalt del que ets en realitat, i et deixaran de banda.»

El vell nonagenari sociable i comunicatiu està convençut que «els altres» li agraeixen que els parli de la seva pròstata, tensió arterial, osteoporosi i artritis i de com ho supera gràcies al doctor dallonses o a la fisioterapeuta daixonses, que li han encertat el tractament. El que no comentarà amb ningú són les seves punyeteres morenes, ni l'eventual incontinència urinària, ni la seva impotència sexual perquè un home que es respecti no parla d'aquestes gaites, especialment si respecta el precepte número sis, que l'insta a «cultivar l'optimisme sobre totes les coses» per allò de «al mal temps bona cara», que és la manera de ser «positius en els teus pensaments», doll inexhaurible de «bon humor, cara alegre, gestos amables», ja que «la vellesa no és qüestió d'anys, però sí d'estat d'ànim».

El manual «Aprenent a envellir» exposat al vestíbul del balneari em sembla redactat per joves psicòlegs, gerontòlegs i algun expert en ciències de la comunicació i de l'art dramàtic inspirat en el gran Stanislavski, basat en l'assumpció dels trets del personatge que cal representar sobre l'escenari. Això requereix una gran confiança en un mateix i una dosi considerable d'autoestima i autosuficiència. «Intentaràs ser-te util a tu mateixa.» I en el punt set: «No ets un paràsit ni una branca trencada voluntàriament de l'arbre de la vida.»

Després de tan sublim metàfora, la soflama ordena al vell destinatari: «Espavila't tu mateix en tot el que puguis i ajuda els altres.» Finalment reivindica el treball com «teràpia infal·lible», qualsevol ocupació manual, intel·lectual o artística és remei infalible per a tots els mals.

El to i el contingut de les vuit recomanacions exulta l'optimisme postís dels programes de televisió concebuts per alegrar el personal amb tots els tòpics sobre l'avi «incombustible, simpàtic, clarivident»; iaios i iaies trapelles als quals els riuen les gracietes i les incoherències com si amb l'ancianitat s'incrementés l'ego i la necessitat d'autoenganyar-se sobre una realitat que els desborda. Tanmateix, amb els anys val més pecar d'optimista que de gemegaire i apocalíptic.

Dilluns, 6 d'agost del 2001

Avui ha mort el meu amic Jorge Amado. Tenia vuitanta-nou anys. El vaig conèixer a Praga en la dècada dels cinquanta quan hi érem exiliats, ell menys temps que els espanyols antifranquistes que no tornaríem a casa fins als setanta.

S'ha acabat l'aventura del gran novel·lista brasiler. Quan arribà a Praga només tenia quaranta-vuit anys i l'acompanyava la seva joveníssima i guapa Zelia Gattai, avui la seva vídua, per la qual trencà amb la «legítima» —també escriptora però més vella que la «garota de Bahia»—, la bella adolescent de qui Jorge Amado s'enamorà bojament i amb qui compartiria cinquanta anys de militància comunista i peripècies literàries, entre persecucions i exilis imposats per Getulio Vargas, el sàtrapa que va durar menys que Franco, per la qual cosa l'exili de Jorge i de Zelia s'acabà abans que el nostre.

La parella, encara jove, tornà al Brasil per envellir plegats i convertir la literatura en una experiència fabulosa inspirada en la vida dels explotats i els humiliats, protagonistes de les seves novel·les més famoses, traduïdes a cinquanta llengües i adaptades al cinema i a la televisió, com la prodigiosa *Gabriela, clavo y canela* i *Doña Flor y sus dos maridos*, interpretada al cinema i a la televisió per Sonia

Braga, considerada, encara avui, paradigma de la dona brasilera morena i sensual. Convertida en *culebrón* per la cadena de televisió Globo, la novel·la de Jorge Amado fou vista per dotze milions de brasilers.

Però això fou després del seu exili a Praga, durant el qual ens vam conèixer el 1953 i ell va rebre el premi Stalin, de què mai no renegà, tot i denunciar i condemnar l'estalinisme.

L'any 1995, Jorge Amado complia vuitanta-tres anys i es plantà a Madrid a presentar les seves memòries, *Navegación de cabotaje*. No era un ancià acovardit pels estralls del temps. Demostrà una lucidesa mental i una energia vital envejables a la seva edat. He guardat les seves declaracions, que no han perdut vigència i el mostren tal com jo el recordo. Amb els anys assolí la saviesa i la franquesa que fan més lliures els que envelleixen sense contemporitzar amb cap dels poders que intenten sotmetre l'intel·lectual contemporani. Zelia l'acompanyava i a Madrid la presentà amb aquestes paraules: «*He tenido algunos privilegios en mi vida, pero de todo, lo mejor es esta señora que está aquí, a mi lado.*» Una declaració pública d'amor a la seva companya a les quals Zelia estava acostumada. Amado no deixà passar l'ocasió que li oferia la presentació de la seva biografia davant els seus lectors a Madrid per refermar-se en els ideals defensats en la seva joventut i que no pogueren destruir l'estalinisme ni l'esfondrada del comunisme instituït. Amb una clarividència i honestedat insòlites en un ancià de la seva condició, digué:

> *«Pero no creo que lo que pasó signifique la última batalla entre el capitalismo y el socialismo, visto el capitalismo como situación perfecta y única. Yo creo que el capitalismo es una porquería. Se basa en el engaño, el dinero, el lucro, y muchas veces conduce hacia la guerra y el racismo. Sigo creyendo en el socialismo y la humanidad marchará con el tiempo hacia él en un camino nuevo, hacia una sociedad menos injusta, menos mala y discriminatoria.»*
>
> *El País*, 28 de març de 1995.

És el Jorge Amado que vaig conèixer de jove, a l'exili que ens imposaren les circumstàncies polítiques dels nostres respectius països. Als seus vuitanta-tres anys encara tenia clar l'essencial. Amb aquest esperit ha viscut fins al 6 d'agost del 2001. Ja no celebrava els aniversaris. «*¿Para qué celebrar una decadencia?*», digué al seu amic José Sarney, que el felicità en els seus vuitanta-cinc anys. «*Dejémonos de pamplinas: la vejez es una gran desgracia.*» No temia la mort i demanà ser incinerat i que les seves cendres s'escampessin entorn de l'arbre del mango del jardí de casa seva, al popular barri de Rio Vermelho. A l'ombra d'aquell mango passà hores llegint i conversant la parella que jo vaig conèixer en l'ambient fraternal de l'exili antifeixista.

«Deixem-nos de romanços: la vellesa és una gran desgràcia», digué Jorge Amado al seu amic José Sarney el dia que va fer 85 anys. Per a uns ho és més que per a uns altres. Entre els escriptors que han reeixit en l'aventura d'envellir i han sabut explicar-la i transmetre'n les angoixes o les paüres, trobem testimonis estimulants i no és únicament literatura. Són reflexions sobre la vida que els ajudaren a viure-la en plenitud en la darrera etapa, la més difícil però també gratificant quan les dificultats esmolen l'esperit i acreixen l'entusiasme. Però Jorge Amado tenia raó: «La vellesa és una desgràcia», o com diu sovint un veí nonagenari, passejat en cadira de rodes per un peruà de trenta anys: «La vellesa és una putada.»

També hi ha escriptors joves que «expliquen» la vellesa que no coneixen i la glorifiquen com a homenatge que ni tots els vells es mereixen, ni desitgen ni valoren. La jove escriptora mallorquina Maria de la Pau Janer començava el seu article del 4 d'agost a l'*Avui* amb aquesta frase:

> «Fer-se gran vol dir tornar-se més savi, perquè la vida s'ocupa de suavitzar els soscaires asprívols de tot allò que ens semblava incomprensible men-

tre ens dóna respostes. Respostes que no hauríem estat capaços d'imaginar.»

La jove escriptora no es refereix a fer-se vell sinó a madurar, que no és el mateix. Després d'explicar el que ella entén com a «soscaires asprívols» de la maduresa, es queixa que «el nostre món viu al marge dels més grans. Fins i tot, a vegades intenta oblidar-los. O arraconar-los com si fossin una nosa. No és estrany: vivim un temps en què només compta ser jove i bell. La publicitat ens presenta la vellesa com el fantasma més terrible, contra el qual cal lluitar. No hi ha res més dolorós —ens diuen— que descobrir els primers cabells blancs. Hem de combatre amb totes les armes les arrugues. Cada arruga és —expliquen— un símptoma de decrepitud. I ens volen fer creure que significa la negació del poder, de la força i fins i tot de l'amor.»

Després d'una defensa apassionada de la gent gran, la jove i bonica escriptora mallorquina mitifica un passat idíl·lic, de rondalla de novel·la *ternurista*:

> «Abans, quan els avis vivien molt a prop dels seus néts, i no hi havia el tall entre generacions que abunda a les urbs, els més joves aprenien moltes coses. Tenien la possibilitat de rebre el bagatge dels avis i d'escoltar les seves històries. Els infants creixien més feliços, enriquits amb l'experiència

dels grans, i els vells se sentien útils i vius, amb la possibilitat de compartir tot el que la vida els havia ensenyat. Voldria elogiar la vellesa d'aquell temps en què les dones i els homes són rics de tot allò que el camí els ha ofert.»

MARIA DE LA PAU JANER, *Avui*,
«Tornar-se més savis»,
4 d'agost del 2001.

No és aquest el panorama que descriu Josep Pous i Pagès en la seva novel·la realista i escruixidora *Quan es fa nosa*. Els que avui som vells no creiem que aquell passat fos millor, ni que els nostres avis fossin objecte d'un tracte tan respectuós en el si de la família i en la societat. Quan Maria de la Pau Janer tingui vuitanta anys segurament dirà, com l'octogenari escriptor Jorge Amado: «Deixemnos de romanços: la vellesa és una gran desgràcia.» Ell la va afrontar amb la vitalitat que genera la revolta contra el món vell.

Dimarts, 7 d'agost del 2001

Ahir, a la Universitat Menéndez Pelayo, Palau de la Magdalena de Santander i a l'edat de noranta-cinc anys, l'escriptor granadí Francisco Ayala demostrà que l'aventura d'envellir que emprengué quan en tenia setanta ha estat l'etapa més creativa, la més gratificant i la més fructífera del seu cicle vital. Només demanà que el deixin descansar, que no vol dir plegar. Tot el que ha fet de jove i de vell el nonagenari Ayala ho resumeix en aquesta frase: «*Mi obra tiene índole de proyecto.*» Hi aboca el pes de la seva experiència en tots els gèneres literaris tret de la poesia lírica. «*Ya he dicho todo lo que tenía que decir. Creo que ya es hora de parar, ¿no? Me lo merezco.*» El professor Ayala s'atura a reposar però el seu projecte no s'enroca: «*Veo posibilidades de interpretación de la realidad muy ricas, pero es cosa de otros. Ahora dejadme descansar a mí.*» El seu projecte serà represès per les generacions que s'hi sentin identificades, no sols en la branca literària de la cultura però també, car:

> «*La literatura seguirá existiendo igual porque la sensación literaria es la eclosión de la personalidad, su manifestación más profunda.*»

El País, 7 d'agost del 2001

La clarividència del nonagenari escriptor granadí, Académico de la Lengua Española, Premio Cervantes, Premio Príncipe de Asturias i candidat al Nobel de literatura, confirma amb escreix les tesis dels neuròlegs i gerontòlegs que han estudiat el cervell humà en les diverses fases del seu desenvolupament que fan coincidir la longevitat activa i satisfactòria amb l'exercici intel·lectual junt al físic però en aquest ordre: el cervell mana, orienta, impulsa o frena altres funcions de l'organisme.

Les investigacions sobre l'Alzheimer aporten noves dades que ho corroboren. Han estat desmuntats els prejudicis ancestrals sobre les neurones del cervell i el seu desgast amb el pas dels anys, irremissiblement perdudes, sense esperança de regeneració. La ciència demostra que aquesta regeneració es produeix, i descobrir-ho permet avançar en la prevenció de trastorns mentals atribuïbles a l'edat.

Ho comentava l'altre dia amb una octogenària, plàcidament assegudes a l'ombra d'un cedre del jardí. Ella no ho tenia clar i exclamà: «Si el cervell és el que mana, com diu vostè, m'agradaria saber qui mana el cervell. ¿No es pot equivocar a l'hora d'ordenar el que han de fer les cames, el budell gros, els pulmons o la llengua?», i amb un gran sentit pràctic de la vida, l'eixerida coetània oposava als teoremes els enigmes no resolts de la quotidianitat dels vells... i dels joves.

El cervell dirigeix el mecanisme del cos i en rep les respostes i aquestes poden ser estimulants o depressives, li deia jo repetint les meves lectures mal païdes. La velleta em deixà bocabadada amb el seu improvisat comentari: «Una persona sana pot morir d'un disgust, ¿ho sabia? En conec més d'un i més d'una que la palmaren a cops de disgustos...» A la seva manera parlava de les malalties psicomàtiques estudiades pel doctor Vignat entre ancians hospitalitzats a la ciutat francesa de Lió, citat per Simone de Beauvoir en el ja esmentat assaig *La vieillesse* (1983), escrit quan ella tenia quaranta-dos anys i encara no podia parlar per experiència pròpia. El doctor Vignat descobrí que els hospitalitzats patien, en ordre decreixent, malalties cardiovasculars, respiratòries, mentals, marasme biològic, malalties vasculars, neurològiques, transtorns de l'aparell locomotor i digestius per concloure: «Com sigui que la vellesa és, per excel·lència, el camp de la psicometria, les malalties orgàniques depenen, també i estretament, de factors psicològics.» «O sigui», interrompé la velleta, «que val més no posar-se pedres al fetge. Per saber això, no cal haver fet el batxillerat, ¿no troba?»

En el curs de les nostres converses ensopegàvem sovint amb tòpics, refranys i acudits sobre els vells i les seves manies —deia: «seves» perquè ella no s'incloïa entre els vells maniàtics—, però en realitat totes dues ironitzàvem sobre la nostra condició d'octogenàries, per tal de no caure en la jeremiada senil que precipita la decrepitud i et converteix en una vella ploramiques i pesada.

Ironitzar sobre un mateix és més eficaç que recórrer a l'autoengany. En les tertúlies del jardí o a la piscina del balneari es parla dels fills i dels néts però sempre en positiu, des d'un ostensible orgull de pares i avis, que grinyola. Els justifiquen si no els van a veure durant l'estiueig, si no telefonen per saber si els avis necessiten quelcom o anunciar-los una visita llampec per dinar en família, eventualment acompanyats d'amics o coneguts que «us volen conèixer», gent «enrotllada» que us agradarà, etc., etc.

Dels problemes dels fills i néts, els avis estiuejants no en fan esment perquè «són coses que et couen i val més aparcar-les perquè no et deixen dormir, t'esvaloten l'ànim i et fan sentir més vell...»

Els temes de conversa entre els ancians varien segons el sexe: ells comenten els embolics del món futbolístic i la situació econòmica, les cotitzacions de la borsa i l'augment de tarifes de les assegurances, en les quals alguns jubilats són veritables experts. Però també parlen del nivell de colesterol, la hipertensió i la sordesa. De política no en parlen mai seriosament, especulen sobre rumors, xafardegen però no opinen. De política no en volen saber res, però sí de les pensions que depenen de la política.

Elles parlen de la família, sempre en termes laudatoris. S'hi copsa una mena d'esperit tribal i el propòsit d'amagar o d'obviar els conflictes generacionals, d'interessos i de sensibilitats, ni que sigui deformant la realitat o fugint-ne tot sabent que és ineludible. Però l'aventura d'envellir sense embarrancar pel camí requereix aquesta capacitat d'autoengany que permet guanyar temps, o sigui guanyar vida.

I de la vida quotidiana en parlen més les dones que els homes. Les petites coses, les sublims i les insignificants, les xafarderies de la premsa rosa, els rumors sentits a la perruqueria, els embolics dels famosos, amb els quals són indulgents o despietades, segons la simpatia i l'antipatia que tenen per la princesa dallonses o pel senyoret daixonses. Solen estar al dia de l'embaràs d'una actriu, dels adulteris d'actualitat, de la decoració de les cases dels aristòcrates en declivi i de les orgies dels *jeques* a Marbella i de les desfilades de moda per les passarel·les de Madrid, Barcelona o Platja d'Aro. Ho comenten sense acritud perquè les dones grans no perden l'oremus pels drapets i la cosmètica.

El tema recurrent en les tertúlies entre les dones del balneari són els néts, els seus estudis i les seves proeses reals o virtuals. En alguns casos, infants de parelles «desestabilitzades» o apuntalades amb les crosses del compromís o del consens i l'ajut dels avis «cangur», patrocinadors d'una entesa precària que ajorni la ruptura o la violència que traumatitza els fills petits. «Això ens ajuda a envellir», diu la meva amiga octogenària —a envellir sense gemegar, a semblar més jove perquè als petits no els agrada la imatge del vell depauperat o ploramiques. Hem de procurar no fer olor de vell, ni que sigui a cops de locions, lavandes i aigua de roses, depilació dels pèls sota el nas, neteja de cutis i una bona tallada de cabell, ben pentinat i sempre net, i una faixa que et fa caminar dreta i redueix el greix allí on sobra. Tot és poc per tal de no espantar els petits amb una «fatxa» fastigosa, com la d'alguns i algunes que no s'arreglen i es disfressen de iaios de rondalla. I els nanos d'avui volen uns avis dinàmics, divertits, «enrotllats», i no l'ancià de barba blanca, desdentat i taciturn, assegut al pedrís amb les mans sarmentoses i fredes recolzades al bastó o mangala, puntal de l'ossada que ha envellit abans d'hora...

...perquè a envellir se n'aprèn. També ho constata la ciència, en aquest cas, estudis realitzats a Holanda entre homes i dones majors de seixanta-un anys en plena activitat. Això requereix una certa dosi de salut però, sobretot, raons psicològiques i socials que poden perllongar la vellesa fins i tot entrant a l'etapa final, que pot durar quinze o vint anys.

L'estudi revela importants diferències entre subjectes de la mateixa edat. L'edat cronològica i la biològica no sempre coincideixen. «La senectut», escriu el gerontòleg nord-americà Howell, «no és un pendent que baixin tots a la mateixa velocitat. És un tram de graons irregulars pels quals alguns es precipiten amb més rapidesa que d'altres. I això s'aprèn abans de fer el primer pas pel pendent.»

«Vostè ha llegit molt sobre els vells, en sap un niu...», digué la meva amiga del balneari interrompent discretament la meva perorata. «En sap un niu però a la nostra edat», va afegir, «ja no podem aprendre a envellir: som velles i prou...»

«Sóc vell i prou!», escriu mossèn Ballarín en la seva columna dominical a l'*Avui* de l'1 de juliol, amb l'estil directe dels sermons de mossèn Tronxo, personatge de la seva novel·la que ens descobrí un prosista prodigiós. Als seus vuitanta-un anys, Josep Ballarín ironitza sobre la pròpia ancianitat, ironia que ajuda a engaltar-la de bon humor quan d'altres la disfressen o la maquillen com si fos una tara. «Sóc vell i res més. Que Déu n'hi do.»

> «Quan dic que en sóc, confesso que no vull ser tingut de la "tercera edat" perquè ni sé si m'he esmunyit de la segona, tampoc passo perquè em fiquin entre la "gent gran" i molt menys que em llepin dient-me "persona gran-gran persona". No vull que m'entabanin, no sóc Napoleó ni San Dominguito. Sóc vell i res més. Que Déu n'hi do.»

La franquesa dels vells autosuficients, o sigui lliures perquè no depenen de ningú, no és provocació ni trapelleria sinó una mena de saviesa i enginy adquirits en la llarga aventura d'envellir dignament.

És el cas del capellà del terròs que Josep M. Ballarín convertí en personatge entranyable que engaltà el progrés amb reflexions tan gracioses com aquesta:

> «Hem passat de sentir dir que "aquesta nena parla com una vella" a veure com la seva àvia es deslloriga ballant cuidant-se que se li desmunti la carcanada.»

És la seva manera d'ironitzar sobre els vells que no assumeixen la vellesa, es disfressen de joves i cauen en l'exhibicionisme grotesc i, a voltes, patètic. Però ironitzant també es poden dir coses molt serioses des de l'ancianitat. Com ara aquesta:

> «Ens han arraconat, vells companys. I no ens enganyem. Cal acceptar, sense esbojarrar-nos ballant-la, que la carcanada ens grinyola i no podem fer com si anéssim enrere. Diria que gràcies a Déu. Però mentre tinguem un buf de vida, fins i tot amb el cos baldat, no som inútils.
>
> Just perquè cadascun de nosaltres se sap les que ha passat i patit, podem entendre com mai els dolors i les joies d'altri, la tendresa per la quitxalla, les soledats en racons de vida buits. Sense fer el manefla tenim el do dels consoladors. Per un creient és el do de l'Esperit Sant.»

JOSEP M. BALLARÍN,
Avui, 1 de juliol del 2001.

I per al no creient hi ha sempre l'instint de viure, va dir l'estimat poeta Joan Vinyoli, que era agnòstic. Ja era vell quan va escriure «El gran foc», que resumeix el seu concepte, la seva dèria de viure sense rendir-se.

> Atio focs
> que se m'apaguen.
> No hi ha llenya
> prou seca
> i forta
> per mantenir-los.
> Cada dia
> més fatigat, però no mai rendint-me,
> vull encendre el gran foc:
> que totes les guspires
> omplin la nit.

JOAN VINYOLI, «El gran foc».

Aquí s'acaba l'aventura d'escriure sobre l'envelliment pensant en els que són encara joves, als quals desitjo que arribin a vells sense passar per la decrepitud.

TERESA PÀMIES,
Caldes de Malavella i Barcelona,
agost-setembre del 2001.

Índex